청소년들의 필독서
10대의 꿈과 희망

_____ 님께

건강과 행운을 기원합니다.

_____ 드림

저자 약력

▌김인현

일본의 메이지대학, 도쿄가쿠게이대학, 히로시마 대학 등에서 10년간 유학,
교육학박사
현재 조선대학교 외국어대학 교수
　　조선대학교 평생교육원 원장
한국의 일본어교육, 독도문제, 야스쿠니 신사문제, 위안부문제 등의 책과 논문
을 쓰면서 초·중·고·대학과 사회에서 한국과 일본을 비교하는 강연활동을 함

저서 4개국어 여행회화 / 종합일본어백과 / 무궁화와 사쿠라 / 21세기 한일관계
의 연구 / 일본의 명작 20편을 1시간에 읽는다 / 일본문화의 이해 등 다수

▌김정구

전남대학교 졸업
일본에 유학하여 메이지대학, 히로시마대학에서 석사와 박사학위를 취득
현재 동신대학교 사회과학대학 교수
　　도서관장 역임

저서 현대일본의 이해 / 일본사정 / 종합일본어백과 / 한일지방자치제도의 연
구 / 일본의 옛날 이야기 18편을 1시간에 읽는다 / 4개국어 여행회화 / 남
도 자전거 여행 외 다수

10대의 꿈과 희망

초 판 인 쇄	2016년 12월 14일
초 판 발 행	2016년 12월 21일
저　　　자	김인현 · 김정구
발 행 인	윤석현
발 행 처	도서출판 박문사
책 임 편 집	최인노
등 록 번 호	제2009-11호
우 편 주 소	서울시 도봉구 우이천로 353 성주빌딩 3층
대 표 전 화	02) 992 / 3253
전　　　송	02) 991 / 1285
홈 페 이 지	http://jnc.jncbms.co.kr
전 자 우 편	bakmunsa@hanmail.net

ⓒ 김인현 · 김정구, 2016. Printed in KOREA

ISBN 979-11-87425-21-2　03810　　　　　　　　　정가 13,000원

청소년들의 필독서

10대의
꿈과 희망

김인현 · 김정구 공저

박문사

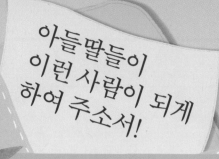

아들딸들이
이런 사람이 되게
하여 주소서!

약할 때 자신을 잘 분별할 수 있는 힘과 정직한 패배에

부끄러워하지 않고, 폭풍우 속에서도 일어설 줄 알며,

패한 자를 불쌍히 여길 줄 알도록 해 주시옵소서!

깨끗한 마음으로 목표는 항상 높게 세우고,

미래를 지향하는 동시에 과거를 잊지 않게 하소서!

자기 자신을 너무 드러내지 않고, 참된 힘은

너그러움에 있다는 것을 항상 명심하게 하소서!

그의 아버지는 헛된 인생을 살지 않았노라고

조용히 속삭이게 하시옵소서!

사랑하는 아들딸에게
-맥아더 장군의 글-

머리말

10대들이 꿈과 희망을 가지고 이 책을 읽는다면 착하고 똑똑한 최고의 멋진 사람이 될 것입니다.

자신의 꿈을 키우면, 성공의 길이 열립니다.

초·중·고교생의 필독서〈10대의 꿈과 희망〉입니다.

착한 사람은 집에서 부모님 말씀 잘 듣고, 학교에서는 선생님 말씀을 잘 들으며, 스스로 공부도 최선을 다해 열심히 해야 합니다.

훌륭한 사람이 되기 위해서는 학창시절 운동도 많이 해야하며 도서관에 가 좋은 책도 많이 읽어야 합니다.

친구들과 사이좋게 어울리고, 집에서는 형제간에 서로 돕고 즐거운 생활을 하면 누구나 미래에 스스로 성공할 수 있습니다.

이 책은 초·중·고 학생의 인생 안내서이며, 1020 청소년들에게 올바른 길잡이 역할을 하고, 공부를 잘할 수 있고 좋은 습관을 기를 수 있도록 지혜와 방법을 제시하며, 형과 동생이 함께 읽을 수 있도록 하였습니다.

세계적으로 유명한 사람들을 소개하고, 재미있는 이야기와 명언, 100권의 좋은 책을 읽을 수 있도록 선별하고, 힘들어하는 10대들의 자기계발에 큰 도움이 되도록 만들었습니다.

"우리 인생의 모든 것은 10대에 결정됩니다."
왜 성공하는 사람도 있고, 실패하는 사람도 있을까요?
학창 시절에 좋은 습관을 꼭 길러야 성공할 수 있습니다.
좋은 책을 많이 읽고, 예의 바른 언동을 하고, 자기의 꿈과 희망을 이루는 성공하는 사람이 되기 위해서는 10대에 좋은 습관을 반드시 기르도록 노력해야 합니다. 공부는 성공의 열쇠입니다.

"세 살 버릇이 여든까지 간다."는 속담처럼, 청소년기(10세~24세)의 습관은 훗날 여러분의 인생에서 성공과 실패를 결정합니다.
이 책은 여러분의 꿈과 희망이 이루어지고, 나쁜 습관을 고치고, 좋은 습관을 키울 수 있도록 학창 시절에 꼭 해야 할 30가지를 소개하여, 청소년들의 자기계발에 큰 도움이 되도록 엮었습니다.

100권의 좋은 책을 소개하였으니 꼭 읽어 보시길 바랍니다.
이 책이 여러분의 성공적인 인생의 나침판 역할을 할 수 있는 올바른 길잡이가 되기를 진심으로 기원합니다.

2016년 가을

차 례

Chapter 03

10대에 꼭 해야 할 30가지

Chapter 04

국어, 수학, 영어, 한자를 정복하다

Chapter 05
학창 시절에 꼭 해야 할 일

청소년들의 필독서

10대의
꿈과 희망

청소년 시절의 아들과 딸에게

01

항상 책을 보고 즐겁게 공부하는 착한 사람이 됩시
다. 꿈과 희망을 가지고, 열심히 동화책과 위인전을
많이 읽고, 청소년 시절에는 학교생활도 부지런히
재미있게 해야 합니다!

책은 인생의 친구이자 스승입니다.

집에서는 부모父母님 말씀을 잘 듣고, 학교에서는 선생先生님 말씀을
잘 들어야 하고, 항상 친구들과 사이좋게 지내고, 도서관圖書館에서 책
册을 많이 읽어서 실력을 기르며 지식과 지혜를 쌓아야 장래에 자신의
꿈과 희망希望을 이룰 수 있습니다.

부모님과 함께 영화나 연극도 보고, 음악이나 체육도 열심히 배워
야 건강健康하고 행복한 생활을 할 수 있고 세종대왕 같은 멋있고 훌륭
한 사람이 될 수 있습니다.

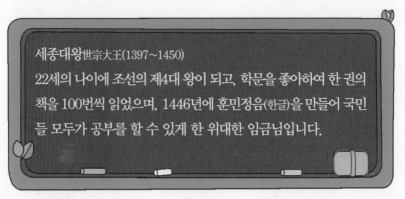

세종대왕世宗大王(1397~1450)
22세의 나이에 조선의 제4대 왕이 되고, 학문을 좋아하여 한 권의
책을 100번씩 읽었으며, 1446년에 훈민정음(한글)을 만들어 국민
들 모두가 공부를 할 수 있게 한 위대한 임금님입니다.

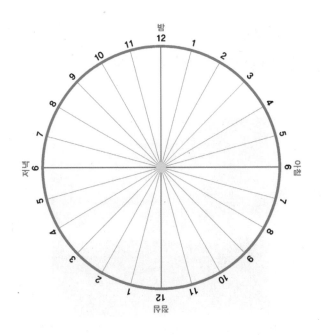

나의 하루 생활 계획표를 만들어 매일 실천해 봅시다!

예습, 복습, 운동, 태권도, 일기 쓰기, 책 읽기, 국어, 영어, 수학, 한자, 피아노, 수영, 건강, 꿈나라...

황금이나 소금보다 지금 이 시간이 나에겐 가장 소중하니, 미래에 후회하지 않도록 오늘 최선을 다합시다.

"오늘의 하루는 내일의 두 배의 가치가 있다"

-벤자민 프랭클린

우리의 인생은 학창시절에 결정된다는 사실을
명심하고, 정신을 차려야 합니다.

중국의 시인 도연명은 젊어서 열심히 공부하라고 권합니다.

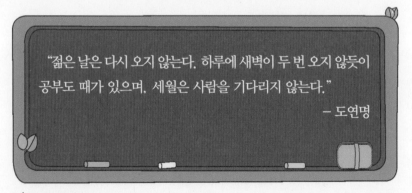

"젊은 날은 다시 오지 않는다. 하루에 새벽이 두 번 오지 않듯이
공부도 때가 있으며, 세월은 사람을 기다리지 않는다."

– 도연명

시작이 반이다

1. 10대에 자신의 꿈을 키워야 합니다.

2. 세상일은 마음먹기에 달려있습니다.

3. 후회 없도록 하루하루를 뜻있게 보냅시다.

4. 학창 시절을 헛되게 보내면 희망이 없습니다.

5. 항상 몸과 마음을 튼튼하게 해야 합니다.

6. 나의 꿈과 목표를 향해 열심히 노력합시다.

7. 나의 장래를 생각하면서 즐겁게 공부합시다.

8. 호기심과 열정으로 일어서야 합니다.

9. 꿈을 가지고 즐겁게 생활하는 청소년이 됩시다.

10. 부지런하고 예의바른 청소년이 됩시다.

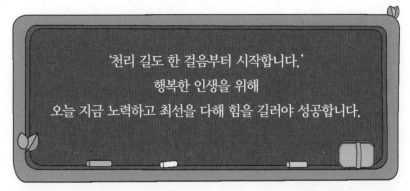

'천리 길도 한 걸음부터 시작합니다.'
행복한 인생을 위해
오늘 지금 노력하고 최선을 다해 힘을 길러야 성공합니다.

똑똑한 아들이 되다

"똑똑한 아들은 아빠, 엄마의 꿈이요, 희망입니다."

남자아이는 장점인 정의의 힘을 키우고, 약점인 산만하고 거친 행동을 초·중·고교 시절에 고쳐야 성공할 수 있습니다.

왕자님으로 태어났으니 부모님을 기쁘게 해드리고, 착하고 똑똑하고 남자다우며 신체적, 정신적으로 건강한 사내아이가 되어 부모님의 희망과 기대에 부응합시다.

1. 미래에 성공할 수 있도록, 장난꾸러기에 주의력이 산만한 아들은 집안청소와 정리정돈을 자주 해야 합니다.

2. 시험에서 좋은 점수를 받기 위해서는 집에서 매일 1시간 정도는 예습, 복습을 꼭 해야 합니다.

3. 컴퓨터, 텔레비전, 만화에 중독되지 않도록 적절한 시간을 정하여 시청하고, 매일 책 1권 정도는 꼭 읽어야 훗날 성공할 수 있습니다.

4. 남자의 특성인 영웅심과 개성, 호기심, 개척정신을 키웁시다. 좋아하는 과목에 집중하고 항상 칭찬을 받도록 노력합시다.

5. 착하고 똑똑하며 인기있는 훌륭한 남학생이 되려면, 예의를 갖춘 멋있고, 재미있는 사람이 되어야 합니다.

6. 성공한 인생의 승리자가 되기 위해서는 어려운 환경을 극복하고, 열심히 공부해야 합니다.
   매일 집에서 스스로 예습과 복습을 하고, 방과 후 공부도 열심히 하면 누구나 잘할 수 있습니다.

7. 멋있는 리더가 되기 위해서는 항상 남을 사랑하고, 도와주는 따뜻한 마음이 있어야 합니다.
   초등학교 시절부터 피아노, 컴퓨터, 태권도, 한글, 수학, 영어, 한자 공부를 배워두면 좋지만, 여유를 가지고 친구들과 놀면서 즐겁게 이야기하는 시간도 꼭 필요하고 중요합니다.

8. 대자연 속에서 놀아보고, 시골에서 뛰어다니면서 자연체험을 통해 삶의 지혜를 깨닫고, 가끔은 친구들과 재미있게 놀면서 건강한 생활의 경험을 얻어야 좋은 지도자가 될 수 있습니다.

9. 부모님과 함께하는 활동도 하지 않고 친구들과 어울려 놀지도 않고, 혼자 방에만 있는 아이는 바보가 되기 쉽습니다.
  학창시절에는 친구들과 함께 놀면서 공부도 해야 합니다.
  버스도 타보고, 지하철도 타보고, 여행도 하고, 감도 따보고, 잠자리도 잡아보고, 연도 만들어 날려보는 등의 체험을 많이 해야 지혜와 지식이 풍부해집니다.

10. 놀이학습과 체험학습을 많이 경험해야 상상력과 학습능력이 향상되고 학교 공부도 재미있게 할 수 있으며, 꿈과 목표도 생각하게 됩니다.

공부와 독서讀書는 누구나 마음만 먹으면 잘할 수 있습니다.
"천재는 따로 없다." 나쁜 습관은 버리고, 자기 자신이 스스로 생각하여 착하게 행동하면 행복하고, 즐겁게 뭐든지 잘 할 수 있습니다.

귀엽고 착한 딸이 되다

"학교생활을 매일 건강하게, 재미있게, 즐겁게 보내고, 귀엽고 착한 공주님처럼 행동합시다."

초·중·고교에서 만난 선생님, 친구들과 즐겁고 재미있게 지내야 학교생활도 즐겁고 공부도 잘할 수 있게 됩니다.

수업시간에 선생님 말씀 잘 듣고, 착하고 인정있는 학생, 약속을 잘 지키는 학생이 훗날 크게 성공할 수 있는 것입니다.

왜 공부를 해야 하는지 생각하고 꿈을 가져야 합니다.

많이 배워서 알아야 잘 살고 성공해서 부자도 되고 행복합니다.

여자아이는 귀엽고 착하게, 예의 바르게 커야 합니다.

남자아이보다 힘이 약하므로 친구와 사이좋게 지내고 싸우지 않고, 긍정적으로 생활하도록 노력해야 합니다.

항상 깨끗하게 옷을 입고, 글씨도 예쁘게 쓰고, 고운 말씨를 사용하는 좋은 습관을 길러야 합니다.

아름다운 딸로 건강하게 크기 위해서는 착하고 예쁜 딸이 되도록 편식 없이 음식을 골고루 먹고, 과일을 많이 먹고, 언제나 즐겁게 웃는 생활을 해야 합니다.

실수로 잘못해도 미안하다고 사과할 줄 모르고, 친구들과 다투거나 싸움을 하고도 반성하지 않는다면 소인이 됩니다.

여학생이 거칠고 교양과 상식이 없고, 여자다움이 부족하면, 부모가 잘못 키운 책임이 크고 딸의 장래도 정말 걱정됩니다.

예쁘고 똑똑한 딸이 공부를 안 하고, 학교를 싫어하고, 부모님 말씀을 잘 안 듣는다면, 장래에 불쌍한 바보가 되기 쉽습니다.

감정, 감각으로 움직이기 쉬운 아이들에게 부모들은 야단을 치기 전에 꼭 조용한 말로 설득해서 달래고, 안되면 꾸중을 해야 하지만, 청소년들은 부모님 말씀을 잘 들어야 성공하고, 훗날 후회하지 않습니다.

성공과 실패의 습관

"일생의 계획은 젊었을 때에 해야 하고,
1년의 계획은 봄에 해야 하며,
어렸을 때 배우지 않으면 늙어서 아는 것이 없고,
봄에 밭에 씨를 뿌리지 않으면 가을에 수확이 없고,
새벽에 일어나지 않으면 그 날은 할 일이 없게 된다."

-공자의 삼계도

습관은 성공시킬 수도 있고 파멸 시킬 수도 있다.

-나폴레옹 힐

습관의 힘은 강력하고 거대하여 인생을 다스린다.

-베이컨

불평불만은 못난이들의 변명이다.　　　　-김인현

수신제가 치국평천하修身齊家 治國平天下　　　-〈대학〉

모든 일에 정성을 다해 노력하고, 게으름을 부리지 않는 사람은 성공을 하고, 거짓으로 일하고 게으름만 피우는 사람은 항상 실패할 수밖에 없습니다.

학생은 학생답게, 어른은 어른답게 모두가 자기 할 일을 열심히 하면서 올바르게 생활해야 됩니다.

"거짓말 잘하는 나쁜 사람과는 어울리지 말자."

끼리끼리 논다는 말을 유유상종類類相從이라고 합니다.

친구 사이에는 진실로 상대방의 단점을 충고하고, 착한 길로 안내해야 하며, 형제간에는 화목하고 즐겁게 지내야 모두가 행복幸福합니다.

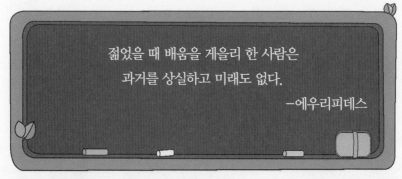

젊었을 때 배움을 게을리 한 사람은
과거를 상실하고 미래도 없다.
-에우리피데스

세계 4대 성인聖人의 한 사람인 중국의 철학자인 공자孔子는 3살 때, 아버지가 돌아가셔서 어려운 가정환경 속에서도 고통을 참고 이기고, 열심히 공부하고 노력하여 높은 학식과 인격을 갖추어 세계 최고의 학자가 되었습니다.

세계 4대 성인은? 공자, 석가모니, 예수, 소크라테스

마하트마 간디는 영국의 식민지에서 국산품의 애용과 인도의 독립을 위해 평화적인 비폭력운동을 한 지도자입니다.

어려서부터 간디는 책을 많은 읽었는데 특히, 〈효자 슈라바나〉라는 책을 읽고 어린 슈라바나가 눈이 안 보이는 부모님을 모시고 다니는 효성에 감명을 받아, 자신도 아버지의 병간호에 효성이 지극한 사람이 되었고, 열심히 공부해서 변호사가 되어 가난한 사람을 배려하고 억울한 사람을 도와주었습니다.

어려움이 닥쳐도 지혜와 용기로 극복하고, 항상 소박하고 겸손한 마음으로 남을 배려하고 생각하는 너그러운 마음을 가지고 부지런히 세상을 살아간다면, 누구나 성공할 수 있습니다. 어려운 환경에서 실패를 경험하면, 더욱더 단단하고 멋진 인생의 삶을 살아 갈 수 있습니다.

'노력努力 끝에 성공成功'이라는 말은 진실眞實입니다.

존 피츠 케네디는 9명의 형제들 속에서 개구쟁이로 자랐지만, 어려서부터 약속시간을 잘 지켰으며, 운동과 책읽기를 좋아해 미식축구, 수영, 골프 등을 하고, 역사책이나 훌륭한 위인전 등의 책을 많이 읽고 열심히 공부하여 하버드 대학에 들어갔습니다.

방학 때에는 프랑스, 독일, 스페인, 이탈리아, 유럽여행을 하면서 많은 것을 경험하고 배웠습니다.

대학을 졸업하고 해군에 입대하였을 때, 세계 제2차 전쟁이 일어났으며, 1941년 12월 8일 일본군이 미국 하와이의 진주만을 공격하여 케네디가 타고 있던 보트가 침몰했지만 5킬로미터를 헤엄쳐 운좋게 살아났습니다.

1945년 8월 6일 미국이 일본의 히로시마에, 9일에는 나가사키에 원자폭탄을 투하하자 일본은 미국에 항복하여 전쟁은 끝났고 8월15일에 한국은 일본으로부터 36년 만에 해방되었습니다.

전쟁이 끝난 후 케네디는 국회의원이 되기로 마음 먹고 큰 꿈을 향해 마음의 힘과 용기를 내어 노력하였습니다.

〈용기있는 사람들〉이라는 소설책을 써서 퓰리처상도 받았지만, 케네디도 처음에는 말을 더듬고 연설을 잘 못하였으나, 자신감을 가지고 여러 번 반복연습을 통해서, 연설과 토론도 잘할 수 있게 되었던 것입니다.

케네디는 29세에 국회의원에 당선되고, 43세에 대통령에 당선되어 1961년 1월 20일에 워싱턴 국회 의사당에서 취임연설을 하였으며, 오늘날 미국에서 가장 존경받는 대통령이 되었습니다.

우리들이 항상 생각해야 할 일이 있습니다.

"국가가 여러분을 위해 무엇을 할 수 있는지 묻지 말고, 여러분이 나라를 위해 무엇을 할 수 있는지 물으십시오."

(Ask not what your country can do for you, ask what you can do for your country.)

이 연설은 전 세계의 사람들을 감동시키고 화합시킨 유명한 말입니다. 장래에 커서 케네디 대통령 같은 유명한 사람이 되고 싶다면, 꿈과 희망을 가지고 나의 생활 계획표를 만들고 노력하면, 자신의 뜻과 희망이 이루어진다는 것은 정말로 사실입니다.

YES I CAN.

I can do it. MAY YOU SUCCEED!

어린 시절에 역사나 시는 좋아했지만, 수학 공부를 싫어하고 동생과 전쟁놀이를 좋아해 <u>스스로 공부를 하지</u> 않아서 청소년 시절에 학교성적은 항상 꼴찌였습니다.

그러나, 처칠은 언제나 당당한 모습으로 용기 있게 행동하였고, 1,200줄로 된 매콜리의 '고대의 노래'를 암송할 정도로 열심히 노력하였으며, 용감한 군인이 되는 것이 꿈이었습니다.

그래서 육군 사관학교에 시험을 보았으나, 두 번이나 떨어지고, 세 번째에 겨우 합격하였습니다. 군사학, 역사, 철학 등의 많은 책을 즐겁게 읽으면서 열심히 공부하고 쿠바전쟁에도 참가하였습니다.

그때의 경험을 〈사브로울러〉라는 소설로 썼고, 노벨문학상도 받았습니다. 국회의원에 출마하여 떨어졌으나 더욱더 노력하고 도전하여, 26세에 국회의원이 되었습니다. 두 번이나 수상을 할 수 있었던 것은 처칠이 예의가 있고, 정의감이 강하고, 신념을 가지고 말하고 단호하게 결정하고, 당당하고 떳떳한 행동을 했기 때문에 국민들에게 사랑받고 인기가 있었습니다.

그러나, 영국의 수상 처칠도 처음에는 말을 더듬고 연설이 서툴렀으나 자신감을 가지고 부지런히 반복 연습하여 세계적으로 유명한 연설가가 되었습니다. "절대 포기하지 마십시오. Never give up."라는 세 마디 말은 세계 제일의 옥스퍼드 대학 졸업식장에서 너무나 유명한 연설이 되었습니다.

에디슨(1847~1931) 이야기

에디슨은 "변명 중에서 가장 어리석은 변명은 시간이 없어서"라는

변명이라고 말하였다. 시간의 귀중함과 사용법을 알아야 한다.

시간이 없다고 시간에 쫓기지 말라! 현재가 중요하다.

과거에 집착 말고 미래에 희망을 생각하라

젊었을 때 열심히 배우지 않고 시간을 헛되게 보내면,

큰사람으로 성공할 수 없으며, 평생 후회하게 된다.

시간을 안 지키고, 나태하고, 산만하고, 무관심하고, 방탕하고,

무책임한 자는 훌륭한 사람이 될 수 없고, 불행의 근원이 된다.

오늘 할 수 있는 일을 내일로 미루지 말라.

한순간의 시간을 잃어버리면 세계를 볼 수 없다.

발명왕 에디슨도 전기電氣를 발명發明하는데, 1,000번 이상의 실패失敗를

하였지만 꾸준히 노력하여 성공 하였습니다.

천재는 타고 난 것이 1%이고, 99%는 노력이다.   —에디슨

청소년들의 필독서

10대의
꿈과 희망

학창 시절에
열심히 배우자

Chapter

02

"한 권의 좋은 책이 나의 인생을 바꿉니다."

학교에서는 국어 공부나 영어 공부는 즐겁게 읽어보고, 예쁘게 쓰고, 똑똑하게 말해 봐야 잘할 수 있습니다.

수학 공부는 문제를 여러 번 반복해서 풀어 봐야 잘할 수 있습니다.

한자 공부, 웅변, 미술, 피아노, 태권도, 운동, 여행, 자연체험학습 등을 골고루 모두 재미있게 반복해야 잘 합니다.

한 그루의 나무들이 모여 푸른 숲을 만들 듯이 자신의 성공적인 미래를 위해서는 초·중·고교 학창 시절에 최선을 다해야 합니다!

"천재는 천하의 재수 없는 놈이고, 바보는 바다의 보물이고 보배이다."라는 우스갯소리가 학생들 사이에서 유행하고 있어, 우습기도 하지만, 천재天才도 타고난 재능才能 보다는 열심히 노력努力하는 좋은 습관과 자세가 더욱 더 중요重要 합니다.

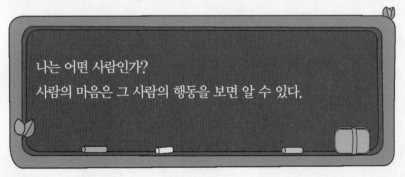

나는 어떤 사람인가?
사람의 마음은 그 사람의 행동을 보면 알 수 있다.

이율곡(1536~1584) 이야기

조선시대의 학자, 이름은 이耳이고, 호는 율곡栗谷입니다.
7살 때에 사서삼경四書三經을 공부하였고, 13세에 과거에 합격한 후, 29세
까지 과거시험에 9번이나 장원壯元으로 합격合格한 천재였습니다.

16세 때에 어머니인 신사임당이 세상을 떠나자 금강산에 들어가서 수도
修道를 하면서 책을 많이 읽었습니다.

후에는 도산서원에서 제자들을 가르치는 퇴계(이황) 선생과 학문學問적
으로 토론하면서 나라의 앞날에 대해 걱정하다가 벼슬길에 올라, 선비들
과 임금님에게도 글을 가르치는 학문과 덕망德望이 높은 사람이었습니다.

율곡은 당파싸움의 중지와 전쟁戰爭을 대비하여 '10만 양병설'을 주장
하였으나 받아들여지지 않자 벼슬에서 물러났으며, 조선朝鮮은 1592년에
일본에게 임진왜란壬辰倭亂을 겪어야 했습니다.

"큰 뜻을 세우고 열심히 행동行動하라."라고 말씀하신 율곡
선생 같은 사람이 되도록 노력努力합시다!

신사임당에 대해 인터넷에서 알아봅시다!

부모님 말씀 잘 듣고, 열심히 공부하는 아들, 딸!
부모父母님께 효도孝道하는 착한 청소년이 됩시다.

율곡이 투당한 〈10가지의 도덕 에텔〉

1. 부모父母님께 효도孝道 할 것.

2. 나라에 충성忠誠 할 것.

3. 형제兄弟간에 사이좋게 지낼 것.

4. 어른을 공경 할 것.

5. 남녀男女 간에 서로 존경尊敬 할 것.

6. 친족親族과 이웃 사이에 화목和睦 할 것.

7. 자손子孫을 바로 가르칠 것.

8. 아래 사람을 지도指導하고, 가난해도 청렴하며,
   부유해도 겸손해서 남의 재물을 탐내지 말 것.

9. 맡은 일에 최선을 다하자.

10. 약속約束을 반드시 지키자.

이율곡 같은 훌륭한 사람이 되기 위해서는,

오늘 열심히 공부工夫를 해야 하고, 건강健康하게 정의正義와 진실眞實을 위해 열심히 노력해야 기회機會가 찾아옵니다.

공부를 꼭 해야 하는 이유

1. 자신自身의 목표目標를 실현實現하기 위해 공부한다.

2. 똑똑하고 훌륭한 사람이 되기 위해 공부한다.

3. 성공成功하여 행복幸福하게 잘 살기 위해 공부한다.

4. 공부를 많이 하면 좋은 일을 많이 할 수 있다.

5. 공부를 해서 많이 알아야 살아가는데 도움이 된다.

6. 공부를 하지 않으면 아는 것이 적고 모르는 것이 더 많다.

7. 공부를 해야 힘이 생기고 자신의 꿈을 이룰 수 있다.

빌게이츠는 과학자나 정치가의 전기傳記를 많이 읽어서 아이디어가 풍부하게 되었으며, 토마스 에디슨도 다른 사람들의 아이디어에서 힌트를 얻어서 스케치했고, 아인슈타인은 떠오른 생각을 메모했고, 데일 카네기도 '화술'이나 '고민', '인간관계' 등에 관한 책을 많이 읽고, 책을 써서 크게 성공하였습니다.

공부를 잘 하기 위한 습관

1. 매일 예습豫習과 복습復習을 여러 번 반복反復해야 한다.

2. 초등학교初等學校 때 열심히 공부하는 습관習慣을 길러야
   중·고등학교中·高等學校 때 더욱 잘할 수 있다.

3. 적극적이고 책임감責任感이 강한 사람이 공부도 잘 한다.

4. 스스로 꾸준히 노력努力하는 사람이 뭐든지 잘 한다.

5. 수업시간에 선생님 말씀에 집중해야 공부를 잘 한다.

6. 자신감自信感을 가진 청소년青少年이 뭐든지 잘 한다.

7. 꿈과 목표目標를 가진 사람이 공부工夫도 잘 한다.

8. 하루에 한 권씩 읽는 독서습관讀書習慣을 길러야 한다.

9. 한 달만 공부에 미치면 인생도 바뀐다.

10. 착하고, 부지런하고, 긍정적인 사람.

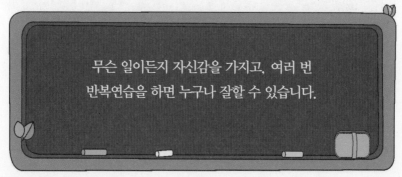

무슨 일이든지 자신감을 가지고, 여러 번
반복연습을 하면 누구나 잘할 수 있습니다.

깃발

이것은 소리 없는 아우성

저 푸른 해원海原을 향하여 흔드는

영원永遠한 노스텔지어의 손수건

순정純情은 물결같이 바람에 나부끼고

오로지 맑고 곧은 이념理念의 푯대 끝에

애수哀愁는 백로白鷺처럼 날개를 펴다.

아아 누구던가

이렇게 슬프고도 애달픈 마음을

맨 처음 공중空中에 달 줄을 안 그는.

청마 유치환의 '깃발'이라는 시는 1936에 〈조선문단〉에 실렸으며,
청춘의 간절한 열정을 '깃발'처럼 휘날리면서 애달픈
존재를 인식하는 향수를 노래한 시詩입니다.

낢이 그대를 속일지라도

삶이 그대를 속일지라도

슬퍼하거나 노여워하지 마라.

슬픔을 참고 일어서면,

기쁨의 날이 찾아 올거야.

마음은 항상 미래를 지향하라.

현재는 한없이 우울한 것처럼,

하염없이 사라지는 모든 것들은

한번 지나가면 그리움으로 남는다.

알렉산데르 푸슈킨의 시詩 "삶이 그대를 속일지라도"를 읽고 암송해 보면, 학창시절과 인생의 삶에 큰 도움이 됩니다. 착하고 똑똑한 사람이 됩시다. 모든 것은 다 지나갑니다.

좋은 습관 1%가 인생의 삶을 바꿉니다.

학교 수업시간에 집중력을 높이면 성적이 팍팍 올라간다는 사실을 아직도 모르는 바보는 아니지요?

자신의 힘인 능력을 키워 몸값을 올리자!

장래희망은 뭐예요? 비밀이라구요!

나의 소개를 먼저 합니다.

나는 초·중학교에 다니며 놀기 좋아하는 홍길동인데 유~!

너무x2 잘 생겨서 애들에게 인기 짱이고 반장이예유!

부모님과 선생님 말씀 잘 듣고, 태권도 1단이고, 유치원 때는 웅변도 잘했고 그림도 잘 그렸는데, 지금은 집에서 동생과 함께 게임과 만화책만 보고 놀면서, 도서관에도 안 가고 동화책이나 위인전 같은 책도 잘 읽지 않으니, 그동안 잘했던 국어공부가 어려워졌어요!

하지만 앞으로는 계획대로 100권의 독서와 논술수업을 열심히 하면, 국어공부는 만점 받을 것입니다.

국어, 수학, 영어, 사회, 과학, 음악, 미술, 한자 등을 잘 하는 비법은 이 책 속에 어딘가 소개 되어 있다 하니 잘 찾아보세요!

1년 후엔 중학생, 3년 후엔 고교생, 5년 후엔 멋진 대학생!

청소년시절, 학창시절에 스스로 노력해야 합니다!

빗물이 돌을 깨듯이 공부는 반복연습하면 됩니다.

2018년부터 초등학교 4학년부터 한자를 배운답니다.

一한일 二두이 三석삼 四넉사 五다섯오 六여섯
육 七일곱 칠 八 여덟 팔 九 아홉 구 十 열 십....

한자공부는 중국, 일본 등, 세계 15억 인구가 배우고 있습니다.

게임이나 컴퓨터를 많이 하다가 아빠에게 야단도 맞지만, 요즘 스스로 공부를 더욱x2 열심히 하는 이유는 중학생, 고등학생, 5년 후엔 멋진 대학생大學生이 되어야 이성異性친구도 만날 수 있고 데이트도 할 수 있으니까요! 히히히!

훗날 나의 꿈은 비밀인데...... 훌륭한 선생先生님 ......
버락 오바마 같은 대통령大統領이 되는 거라구요!
자신의 모습을 생각해 보면, 너무x10 기똥차게 기분이 좋아지고,
정말x2 공부 잘 되거든요 ~! 으흐흐...... ♩♪♫♬

자신의 힘인 실력, 체력, 자신감, 정직, 성실, 도전정신...... 등을 기르려면, 청소년 시절에 독서와 취미활동을 열심히 하면서 자신의 꿈과 희망을 키워야 성공할 수 있습니다. 한자! 능력을 기르면, 힘이 됩니다.

노력하는 사람이 성공한다

공부는 체계적으로 기초부터 튼튼히 기본을 익히고 응용하는 편이 훨씬 능률적이고 기억에 오래 남습니다.

"나도 할 수 있다."는 자부심과 비전, 리더의 꿈을 가지고 학업에 열중하는 자세가 중요하며, 폭넓은 지식과 지혜를 쌓아야 남에게 인정을 받을 수 있습니다. 오만과 편견이나 독단은 금물이며, 정신을 차려야 됩니다.

상대방의 의견도 경청하고 귀를 기울이는 겸손함을 가지고, 항상 노력하는 젊은이, 신뢰의 힘을 기르는 젊은이, 끈기있는 젊은이, 활기 있고 자신감이 넘치는 젊은이는 훗날 존경받는 사람이 되지만, 게으르고 나태하여 초·중·고교의 학창시절에 열심히 노력하지 않는 사람은 항상 후회하는 삶을 살게 됩니다.

공부할 때는 정신을 집중하고 잡념을 버려야 하며, 책상을 깨끗이 정리정돈 해야 능률이 오릅니다.

공부 잘하는 친구와 선의의 경쟁은 성적향상에 크게 도움이 됩니다.

주변의 친구들에게 장점을 배우면서 자신의 꿈을 적극적으로 키워야 합니다. 간절히 원하면 뜻이 이루어집니다.

용기와 신념을 가지고, 나도 모든 일을 할 수 있다는 삶의 희망과 목표를 가지고 씩씩하게 노력을 해야 합니다.

1. 할 수 있다는 자신감을 가져야 한다.
2. 항상 웃으면서 일해야 한다.
3. 오늘 최선을 다해야 한다.
4. 참고 견디는 인내심을 길러야 한다.
5. 정의감을 가져야 한다.
6. 따뜻한 사람이 되어야 한다.
7. 부지런히 자신의 힘을 길러야 한다.
8. 체험학습을 하고 발표력을 길러야 한다.

10대에는 자신의 생각을 믿고, 최선을 다해 노력하고 긍정적으로 행동해야 됩니다.

10대에 슬픔과 괴로움을 당당하게 참고, 극복한 사람은 더욱더 성숙되어 클린턴이나 오바마처럼 훗날 반드시 성공하여 즐겁고 행복한 생활을 할 것입니다. 당신이 희망입니다.

귀중한 시간을 함부로 낭비하면 성공할 수 없습니다. 부지런하고 착한 청소년이 됩시다.

부지런한 사람은 불평불만도 없고, 가난하지도 않고, 건강합니다.

목표도 없이 자기계발을 소홀히 하는 사람은 훗날 '개미와 베짱이' 이야기처럼 불쌍한 베짱이 신세가 되기 쉽다는 사실을 명심하세요!

10대 청소년시대에 노력하지 않으면, 늙어서 멋있게 즐겁게 살지 못하고 불평불만의 무능한 사람으로 살 수 밖에 없습니다.

아는 것이 없으면 아무것도 할 수 없습니다.

〈마시멜로 이야기〉처럼 달콤한 마시멜로 캔디의 유혹을 참고 이기는 사람만이 성공할 수 있습니다.

내일의 성공과 행복을 위해서, 오늘, 지금 나는 무엇을 해야 할까? 항상 생각하면서 긍정적으로 행동합시다!

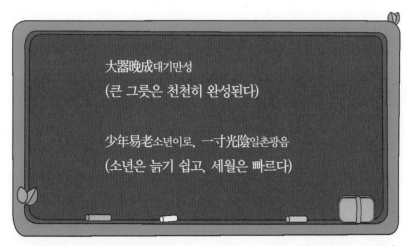

大器晚成대기만성
(큰 그릇은 천천히 완성된다)

少年易老소년이로, 一寸光陰일촌광음
(소년은 늙기 쉽고, 세월은 빠르다)

부모님께 효도하다

자기自己 할 일을 스스로 잘하는 사람이 효자孝子입니다.

세상世上을 살다보면, 억울하고 불의不義와 싸워야 할 때가 한두 번이 아니지만, 복수하고 싸워서 이기는 것 보다는 때로는 져주고 용서하는 것이 영원히 이기는 방법方法입니다.

정직하고 용감한 사람과 정의正義로운 사람은 거짓말쟁이와 끝까지 싸우고 분노하기 쉽지만, 가끔은 한발 물러서서 생각해보고 양보하고, **간디, 만델라, 김대중**처럼 상대를 용서해 주는 관용과 용기勇氣 있는 사람은 겸손하고 강인한 사람입니다.

부모父母님께 효도하고, 항상 자기 자신을 무시하지 않고, 소중히 하고 사랑하면서, 최선을 다해 자신의 **지**知, **덕**德, **체**体의 실력을 길러야 성공成功할 수 있습니다.

우리는 항상 독서讀書를 통해 옛 것을 부지런히 배우고 익히는 온고지신溫故知新의 정신精神이 필요必要합니다.

청소년답게 젊음과 용기로 자신감을 가져야 합니다.

초·중·고교 시절이 문제점?

　초·중·고교 청소년 시절의 교육은 인생에서 가장 중요합니다. 왜냐하면, 규칙적으로 운동하고 공부하는 좋은 습관이 길러지기 때문입니다.

　초·중·고교 학창 시절에 교과서, 동화책, 위인전, 소설책 등을 많이 읽는 독서습관이 체계적으로 생기도록 해야 합니다.

　그림 공부, 음악 공부, 글짓기, 일기 쓰기, 편지쓰기, 전화받기, 고운 말 사용하기 등의 좋은 생각과 예절습관을 길러야 합니다.

　학창 시절에 도서관에 자주 가서 재미있는 책을 빌려 읽고, 읽은 후에는 꼭 독후감을 쓰는 습관이 중요합니다.

　집에서도 부모님과 함께 책을 많이 읽고 매일 대화하면 두뇌가 발달되고 창의력과 교양지식이 풍부해져서 학원 안가도 공부 잘하는 영재가 될 수 있습니다.

　자신이 컴퓨터나 게임에 빠져서 중독이 되지 않도록 스스로 노력하고, 부모님도 관심을 가지고 꼭 지도, 감독해야 합니다.

　항상 친절하고 고운 말씨의 언어예절을 몸에 익히고, 규칙적인 운동으로 체력단련을 꾸준히 해야 몸과 마음이 건강한 사람이 됩니다.

자기가 하고 싶은 일과 잘할 수 있는 일에 집중하고, 최선을 다하면 성공할 수 있습니다.

성공하지 못할 거라는 잘못된 생각은 버리고, 1%의 가능성만 있어도 포기하지 않고, 자신감을 가지고 열심히 적극적으로 뛰는 것이야말로 성공을 향한 첫걸음입니다.

공부는 누구나 열심히 반복하면 잘할 수 있습니다.

오늘 최선을 다하지 않으면, 내일 반드시 크게 후회하게 됩니다.

스스로 할 일을 다 하는 책임있는 사람이 되어야 훗날 지도자가 될 수 있습니다.

좋은 습관과 건강한 마음은 성공의 지름길 입니다.

진실한 삶의 힘을 주는 좋은 책을 많이 읽고, 자신감을 가지고 열공해야 성공할 수 있습니다.

성공이란? 실패를 해도 꿈을 잃지 않고 일어나는 것입니다.

반장선거와 회장선거
-연설문-

존경하는 선생님과 정다운 친구들

그동안 방학 잘 지냈습니까?

다시 만나게 되어 정말 기쁩니다.

제가 반장이 되면, 우리 반을 위하여

책임지고 열심히 봉사하겠습니다.

1번 착하고 예쁜 김미송입니다.

여러분의 소중한 한 표를 부탁합니다.

※ 천천히! 또박또박! 큰소리로 자신 있게 말해야 합니다.

안녕하세요.

저는 이번 1학기 반장선거에 출마한 김대선입니다.

제가 반장이 된다면 책임감을 가지고, 다음과 같은 일을 하겠습니다.

첫 번째, 여러분들의 고민을 들어주는 반장이 되겠습니다.

- 여러분의 고민을 들어주며 해결방법을 같이 찾아드리겠습니다.

두 번째, 친절한 반장이 되겠습니다.

- 누구도 차별하지 않으며 배려하겠습니다.

세 번째, 모범적인 반장이 되겠습니다.

- "오~ 3반 반장 괜찮네~ 저 정도는 되야 반장이지~"라는 말을 들을 수 있도록 올바르게, 성실하게 행동하겠습니다.

1학기 동안 여러분께 도움이 되는 반장이 되고 싶습니다.

저를 꼭 뽑아주십시오.

감사합니다.

2016.3.4 김대선 반장 당선을 축하합니다.

반장선거와 교내 경시대회에서 각종 상장을 받기 위해 갈수록 치열해진 경쟁이 초·중·고교에서 일어나고 있습니다.

반장이 아니어도 항상 웃으면서 착하고 건강하게 사는 것이 최고입니다. 친구들과 사이좋게 지내고 착해야 합니다. 스마트 폰에 중독되면, 공부와 멀어지고 내일이 안 보입니다. 학생부 관리, 성적, 동아리 활동 등이 대학진학에 중요합니다.

학창시절에 하지 않으면,
평생 후회하는 15가지

신문과 책을 많이 읽고, 음악을 듣고, 운동을 하고, 산보나 등산, 여행 등의 다양한 취미를 가지고 활동해야 훗날 경험이 풍부한 지知,덕德,체體를 겸비한 훌륭한 리더, CEO, 사장이 될 수 있습니다.

1. **마음!** 올바른 마음은 세상의 어떤 것보다 낫습니다.
   착한 마음에서만이 인생의 지혜가 나옵니다.

2. **진실!** 진실한 행위를 통해서만 남에게 전해집니다.
   거짓말을 하지 않고, 겸손하고 착한사람이 됩시다.

3. **신용!** 신뢰는 사랑보다 가치가 있고, 자연스럽습니다.
   거울과 같아서 한번 금이 가면 잘 보이지 않습니다.

4. **생각?** 좋은 생각은 나를 즐겁게 하고, 아름답게 만듭니다.

5. **슬픔?** 슬픔이란 누구든지 이겨낼 수 있습니다.
   슬픔을 이겨내지 못 하는 사람은 항상 슬픔뿐입니다.

6. **기쁨!** 한 가지 기쁨은 100가지 슬픔을 없애 줍니다.
   한번 신뢰를 잃으면 다시 회복하기 힘듭니다.

7. **자신!** 자신에 대한 신용과 신뢰가 남에 대한 신용과 신뢰의 기준이 됩니다. 자신의 능력을 길러야 합니다.

8. **희망!** 사람은 최악의 상태에서도 절대로 희망을 잃어서는 안 됩니다. 항상 나쁜 일이 좋은 일로 바뀔 수도 있기 때문입니다. 하늘의 별과 달과 해를 보면서, 청소년들이여, 희망과 용기를 가져라!

9. **친절!** 웃는 얼굴로 오늘 행한 친절은 더 밝은 미래로 나를 인도하는 가장 확실한 방법입니다.

10. **칭찬?** 벌은 잘못한 것 한 가지밖에 고칠 수 없지만,
    칭찬은 그 사람의 인생 전체를 변화시킬 수 있습니다.
    칭찬만큼 배우고자 하는 의지를 일으키는 것은 없습니다.

11. **배려!** 남을 도와주는 진정한 마음이 있어야 합니다.

12. **시간!** 시간은 되돌릴 수 없는 귀중한 재산입니다.

13. **공부!** 지식을 익히고 배움으로서 지혜가 생깁니다.
    학창시절에 목표를 향해 열심히 노력해야 합니다.

14. **효孝?** 내가 어버이에게 효도하면, 그것을 보고 배운 내 자식 또한 나에게 효도 합니다.

15. **약속?** 약속시간을 잘 지키는 것은 성공의 비결입니다.
    약속은 반드시 지키도록 노력해야 합니다.

초·중·고 시절에는 선생님의 역할이 정말 중요하다.

대학시절에도 찾아다니고 평생 동안 존경하기도 한다.
인연이란, 이토록 인간관계에서 중요한 것이다.

초등학교 시절부터 중·고교 시절까지 10대들은 감수성이 강하기 때문에 여학생들은 총각 선생님을, 남학생들은 여자 선생님을 따르고 짝사랑하기도 하지만, 또한 자신과 성격이 잘 맞지 않으면 반발하고 싫어하고 분노하기도 하고, 공부를 포기하기도 한다.

누구나 철없던 초등학교 시절에 예뻐해 주고 항상 칭찬해주신 선생님의 성함을 잊었지만, 고마움은 기억합니다. 선생님께 잘 보이려고 더욱 공부도 열심히 하고 착하게 행동하는 모범생이 되기도 한다.

중학교 시절의 아픈 추억?

나는 중학시절에 별로인 선생님들을 많이 만나서인지 공부도 별로였으며, 학교생활도 재미가 없어서 그냥 왔다 갔다 했죠.

학창시절에 최선을 다해서 열심히 성실히 공부해야 훌륭한 사람이 될 수 있다는 **한석봉, 율곡, 공자** 같은 성인군자聖人君子의 이야기는 아무도 해주지 않았기 때문에 인생에 도움이 안 되었어요.

매주 월요일 교장 선생님의 아침 조회의 훈화는 **이순신** 장군의 생애生涯와 난중일기亂中日記에 관한 그림책 위인전 한 권 읽는 수준의 내용이지만, 재밌었습니다. 꿈과 희망, 목표를 세워야 하는 초·중·고교 시절에는 자극을 받아야 공부를 부지런히 할 텐데, 아무도 그런 좋은 이야기를 해주지 않았고, 선생님들이 많이 부족해서 신학기에 발령이 나서 가시면, 후임 선생님은 한 달 후에나 오셨으니 참으로 한심스러운 어두운 시대였습니다. 정말 웃겼지요.

수학 선생은 5분 정도만 수업을 하고 자습시키고 나가 버리고, 국어, 사회, 수학, 영어 선생들은 자기 혼자서만 떠들다 나가고, 생물 선생은 너무 공부를 많이 하면 머리가 돌아버릴 수 있으니 조심하라는 등......

선생님들이 인생에 대해, 젊음에 대해 무엇을 가르치고 무슨 좋은 이야기를 해주었는지 도무지 알 수 없었으니 멘토가 없죠.

중학교 1학년 때 영어 선생님은 전교생이 영어 교과서를 모두 암기해서 외우도록 엄하게 교육하여 정말 모두들 어려운 영어책 한 권을 달달 외웠습니다. 학교와 선생님의 역할은 정말 큽니다.

행동하지 않는 젊은이는 늙은이와 다름없습니다.

청소년들이여! 서두르지 말고, 할 수 있는 데까지 최선을 다해서 꾸준히 배워야 합니다.

부지런한 사람이 게으른 사람보다 열배 낫습니다.

청소년들에게 희망과 꿈과 용기를 주는 것이 필요합니다.

'고기보다는 고기를 잡는 방법을 가르쳐 주어야 합니다.'

자신의 재능을 찾아서 발전시켜야 성공할 수 있습니다.

젊은이라면, 자신의 힘과 노력으로 앞날을 개척해야 합니다.

1020 청소년들이 스스로 자신의 인생을 용감하게 능력껏 헤쳐 나갈 수 있도록 부지런히 노력하는 일이 제일 중요합니다.

청소년 시절에는 희망과 용기를 가지고 좋은 친구와 사귀는 것은 가장 가치있는 일이며, 나쁜 친구는 없는 것이 훨씬 더 좋습니다.

행동하지 않는 젊은이는 늙은이와 다름없습니다.

'한 사람의 좋은 어머니는 교사 100명의 가치가 있다.'는 말처럼, 1020 청소년들이 어른들의 따뜻한 사랑 속에서 자라면, 그들이 인생의 풍파 속에서도 잘 견딜 수 있을 것이며, 자식은 부모의 책임이 크다는 것입니다. "자식은 부모의 거울이다."

젊은이는 항상 올바르게 행동하는 양심적이고, 성실한 착한 사람이 되도록 노력해야 합니다. 리더는 모범적인 사람입니다.

젊은 시절에 방황하면서 시간을 낭비하지 않고 계획대로 열정을 가지고 포기하지 않고 꾸준히 최선을 다한 사람은 늙어서 성공의 열매를 맛볼 수 있습니다. 세상을 좀 더 넓게 보고 힘을 길러야 사회에서 필요로 하는 인재가 됩니다.

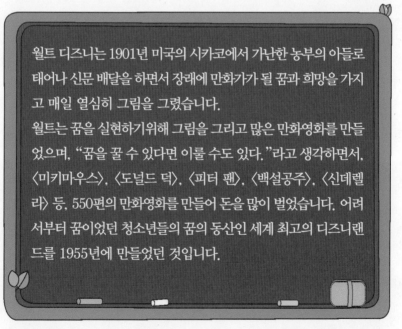

월트 디즈니는 1901년 미국의 시카코에서 가난한 농부의 아들로 태어나 신문 배달을 하면서 장래에 만화가가 될 꿈과 희망을 가지고 매일 열심히 그림을 그렸습니다.

월트는 꿈을 실현하기위해 그림을 그리고 많은 만화영화를 만들었으며, "꿈을 꿀 수 있다면 이룰 수도 있다."라고 생각하면서, 〈미키마우스〉, 〈도널드 덕〉, 〈피터 팬〉, 〈백설공주〉, 〈신데렐라〉 등, 550편의 만화영화를 만들어 돈을 많이 벌었습니다. 어려서부터 꿈이었던 청소년들의 꿈의 동산인 세계 최고의 디즈니랜드를 1955년에 만들었던 것입니다.

청소년들의 필독서

10대의
꿈과 희망

10대에 꼭
해야 할 30가지

Chapter

03

10대들이 학창시절에 꼭 해야 할 좋은 습관 30가지

1. 도서관에 가서 독서하는 습관을 기르자.

컴퓨터 황제인 빌 게이츠의 성공 비결은 어린 시절에 집 옆의 도서관에서 독서하는 습관 덕분에 성공하였다고 합니다.

2. 책을 읽고, 글씨를 쓰는 습관을 기른다.

국어, 영어, 사회 등의 교과서를 매일 큰소리로 읽고, 쓰고, 외우는 습관을 길러야 공부 짱이 될 수 있습니다.

3. 일기日記를 쓰는 습관을 기른다.

하루 동안에 있었던 중요한 일을 일기장에 영어 단어나 한자 등을 섞어 쓰고 시詩도 적어보면 좋습니다.

4. 집에서 매일 예습豫習을 철저히 한다.

내일 배울 것을 미리 공부해보는 예습이 가장 중요합니다.

5. 학교 갔다 오면 매일 철저히 복습을 한다.

오늘 배운 것을 다시 한 번 복습을 해야 합니다.
여러 번 반복연습反復練習하면 누구나 잘할 수 있습니다.

6. 숙제는 꼭 혼자 힘으로 해본다.

모르면 부모님께 물어보고 참고서를 보면서 스스로 합니다.

7. 선생님 말씀을 잘 듣는 학생이 되자.

선생님 심부름을 잘 하고 말씀도 잘 듣는 착하고 예절 바른 똑똑한 청소년이 되어야 장래 희망이 있습니다.

8. 부모님 말씀을 잘 듣는 착한 학생이 되자.

형, 누나, 동생과 사이좋게 지내고, 부모님 심부름도 잘 하고 말씀을 잘 듣는 청소년이 됩시다.

9. 예절禮節 바른 똑똑한 학생이 되자.

예의 있고 인사 잘 하는 사람이 되어야 성공합니다.

10. 일찍 자고 일찍 일어나는 규칙적인 생활을 하자.

하루의 생활 계획표를 만들어 열심히 실천해야 합니다.

11. 학교에 갔다 오면 반드시 얼굴과 손발을 씻는다.

손발을 자주 씻어서 세균이 손을 통해 코와 입으로 들어가 감기에 걸리지 않도록 조심해야 합니다.

12. 이를 하루에 3번씩 닦고 목욕도 매일 한다.

식사 후에는 3분 이내로 3분씩 3회 닦아야 충치가 예방됩니다.

13. 매일 방을 깨끗이 청소하고 책상을 정리 한다.

항상 책이나 옷 등의 정리 정돈을 잘 하여 방을 깨끗이 해야 기분이 좋고 능률이 팍팍 오릅니다.

14. 싸움은 하지 않고 친구들과 친하게 지낸다.

형제간이나 친구 사이에 욕을 하고 싸우는 사람은 절대로 훌륭한 사람이 될 수 없다는 사실을 알아야 합니다.

15. 자신과의 약속을 잘 지키는 청소년이 되자.

하루 한 권씩 책冊을 읽고, 독후감을 꼭 써봅시다.

16. 매일 계획計劃을 세우고 실천하자.

1일, 1주일, 한 달, 1년 계획표를 만들어 실천해 봅시다.

17. 근검절약하는 생활습관을 기르자.

용돈을 아껴 쓰고, 저금하는 습관을 길러야 합니다.

18. 음식을 골고루 먹는 올바른 식사습관을 기르자.

밥, 우유, 고기, 김치, 국물, 생선 등을 편식하지 않고 골고루 잘
먹어야 키가 크고 몸이 건강한 사람이 됩니다.

19. 책임감責任感 있는 당당한 사람이 되자.

자기가 한 일에 책임을 지는 사람이 되어야 합니다.

20. 보고, 듣고, 생각하는 통찰력을 기르자.

좋은 책을 많이 보고, 읽고, 듣는 연습을 해야 합니다.

21. 긍정적인 사고력을 가지고 적극적으로 생활하자.

모든 일을 긍정적으로 생각하는 습관을 길러야 성공합니다.

22. 좋은 인간관계를 갖는 것은 성공의 비결이다.

부모형제, 친구, 이웃과 항상 사이좋게 지내야 합니다.

23. 성공의 열쇠를 찾는 방법을 습관화 하자.

물이 돌을 뚫는 것처럼 매일 열심히 하는 습관이 제일 중요합
니다. 생활습관, 시간 관리를 철저히 해야 됩니다.

24. 올바른 이성교제의 비결을 익히자.

착하고 좋은 이성 친구는 적당히 거리를 두고 사귑니다.

25. 좋은 친구를 사귀는 방법을 배우자.

좋은 친구를 많이 사귀고, 친구와 사이좋게 지내야합니다.

26. 성공하는 습관과 비결을 익히자.

1일 계획, 여름방학 계획, 겨울방학 계획을 세우고 실천해야 하
며, 젊음과 열정으로 꿈을 향해 현실을 극복하고 힘들어도 참고
일어서야 합니다. 위기는 기회입니다.

27. 효과적인 독서讀書방법을 익히자.

매일 책을 한 권씩 읽는 좋은 습관을 길러야 합니다.

28. 시간을 지배하는 담대한 사람이 되자.

부모님께 의존 하지 않고, 자기 스스로 할 일을 합시다.

29. 올바른 생활습관을 길러야 한다.

규칙적으로 매일 운동하고, 목욕하고, 책을 읽고 청소하는 좋은 습관을 길러야 합니다.

30. 건강健康을 지키는 방법을 익히자.

걷기 운동, 줄넘기, 조깅, 배드민턴, 야구, 축구, 태권도 같은 운동을 1주일에 3회씩 30분 정도 하면 건강에 좋습니다.

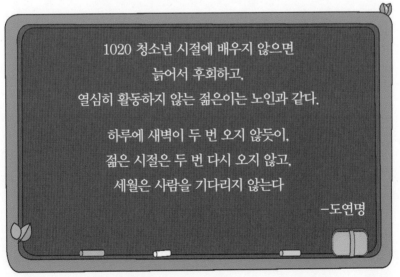

1020 청소년 시절에 배우지 않으면
늙어서 후회하고,
열심히 활동하지 않는 젊은이는 노인과 같다.

하루에 새벽이 두 번 오지 않듯이,
젊은 시절은 두 번 다시 오지 않고,
세월은 사람을 기다리지 않는다

-도연명

스펜서 존슨은 〈누가 내 치즈를 옮겼을까?〉라는 책에서 '변화에 대처하는 3가지 방법'을 말하고 있습니다.

첫째, 자신의 주변을 간단하게 융통성 있게 유지하고 신속하게 행동하라.

둘째, 사태를 지나치게 분석하지 말고, 두려움으로 자신을 혼동시키지 말라.

셋째, 작은 변화에 주의를 기울이고, 큰 변화에 잘 대처할 수 있도록 준비하라.

이 책의 내용은 두 마리의 생쥐와 두 명의 꼬마 인간의 변화에 대한 상반적인 태도에 관해 이야기하고 있습니다.

인생은 때로는 길을 잃고 헤매기도 하고, 가끔은 막다른 길에서 방황하고 좌절하기도 하는 미로와 같습니다. 자신의 삶을 디자인하세요.

그러나 믿음을 가지고 끊임없이 노력한다면, 우리에게 성공의 길은 반드시 열립니다.

"좋은 친구 셋만 있어도 성공이다."라는 말이 있습니다.

자신의 꿈을 이루기 위해 최선을 다해 노력하고, 자기 할 일을 스스로 하는 꿈 많은 초등 6학년, 중1 때 사춘기에 접어들면, 충동심이 생기고, 건강한 청소년은 생리현상도 경험하게 됩니다.

자연의 현상이니 조금도 놀랄 필요는 없습니다.

자신의 모든 일은 부모님과 선생님께 상의해야 합니다.

중, 고교생이 되면 꿈과 희망을 가지고 끈기있게 도전하는 정신이 생깁니다. 스스로 시간 관리를 하고 예습, 복습을 철저히 하고 컴퓨터 게임도 안하고 공부를 열심히 하여 학습능력을 높이고 비싼 학원에 안 가고 스스로 공부 잘하는 사람은 부모님께 효도하는 것입니다.

기본지식을 가르치는 학교나 학원에 너무 기대하지 말고, 자기 할 일을 자신이 하는 책임감을 가지고 최선을 다해야 하며, 참을성이 부족하고 산만한 학생은 안정과 희망의 자신감을 가지면 해결됩니다.

"인생은 변화무상하다.", "시작이 반이다."라는 말처럼, 마라톤 경기 중도에 포기하지 말고, 강인한 정신력으로 열심히 노력하면 반드시 성공하여, 멋있는 삶을 살아갈 수 있습니다.

"늦었다고 생각할 때가 가장 빠르다."라는 말이 생각납니다.

윈스턴 처칠(1874~1965)은 자서전인 〈나의 소년시절〉에서 학창시절에는 매일 학교 규율 때문에 하루 종일 뛰어놀지도 못하고, 창조적인 즐거움도 없어서, 지루하고 무의미하여 공부할 의욕이 생기지 않아서 낙제생이 되었습니다. 그러나 포기하지 않고 노력하여, 사회에서 우등생이 되었고, 영국의 국회의원과 수상이 되었습니다.

처칠은 옥스퍼드 대학의 졸업식에서 "Never, never, never give up절대로 포기하지 마라."라고 세 마디 말한 것이 유명한 연설이 되었습니다.

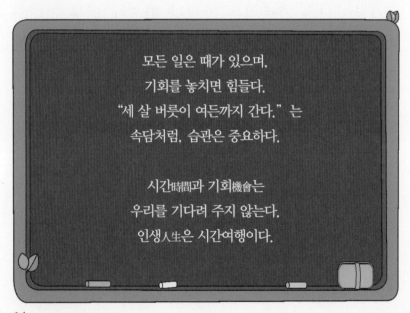

모든 일은 때가 있으며,
기회를 놓치면 힘들다.
"세 살 버릇이 여든까지 간다." 는
속담처럼, 습관은 중요하다.

시간時間과 기회機會는
우리를 기다려 주지 않는다.
인생人生은 시간여행이다.

'봉달이'라는 별명을 가지고있는
국민마라토너 이봉주 선수는?

2007년 서울국제마라톤 겸 제78회 동아마라톤에서 2시간 8분04초로 우승하였습니다.

마라톤 풀코스인 42.195km를 40회나 도전하여, 38번이나 완주한 끈기와 실력을 갖춘 국민國民의 영웅英雄입니다.

16년 동안에 4회 연속으로 올림픽에도 출전하는 용기와 끈기를 소유한 대한민국의 대표 마라톤 선수입니다. 경험經驗과 자신감自信感을 가지고 매일 꾸준히 반복연습으로 실력實力을 겸비한 위대한 대한민국大韓民國의 대표적인 마라토너입니다.

유도의 영웅 최민호 선수를 아시나요?

유도의 영웅 최민호 선수는 2008년 8월 8일 베이징 올림픽의 유도 60kg급에서 금메달을 받았습니다.

예선부터 결승까지 5번 연속 1분 내에 상대를 이기는 멋진 한판승부는 참으로 통쾌하고 재미있는 승부였습니다.

최민호 선수는 정말 세계최고의 강인함과 멋진 모습을 보여 주어서 유도의 본고장인 일본에서도 세계최고의 훌륭한 선수라고 극찬 하였습니다.

그동안 가정환경은 너무나 가난해서 월세 집에서 겨울에 난방도 제대로 못하고 살았다고 합니다.

최민호 선수가 태어난 후, 아버지는 용龍이 승천하는 꿈을 꾸셨는데, 용을 숭배하는 중국에 가서 금메달을 획득하였습니다.

최민호 선수는 "연습 동안에 체중 감량을 위해 죽을 것 같은 고통을 이겨냈다."고 말하면서, 항상 몸에 아령을 품고 강인하게 반복 연습을 계속하였기에 오늘의 멋진 모습을 보여줄 수 있었고, 세계최고의 영광을 획득할 수 있었던 것입니다.

최민호 선수처럼 대한민국을 빛낸 자랑스런 청소년이 되도록 노력 합시다!

독서는 정신적으로 큰 힘이 됩니다.
책 속에 길이 있으니 책을 많이 읽어야 합니다!

초등학생은 동화책이나 위인전 같은 책을 많이 읽어야 하며,
중, 고교생은 전기傳記나 자기계발서自己啓發書를 비롯하여 폭넓은
독서를 하여야 지식있고 지혜知慧로운 사람이 됩니다.

책은 꿈꾸는 것을 가르쳐주는 진짜 선생이다.

-가스통 바슐라르

인생人生의 가장 훌륭한 친구는 좋은 책이다.

-체스터 필드

하루라도 책을 읽지 않으면 입안에 가시가 돋습니
다.(一日不讀書 口中生型棘일일불독서 구중생형극)   -안중근

세상을 살아가는데 도움이 될 만한 좋은 책을 선택하여 청소년 시
절에 많이 읽으면 행복한 내일의 삶을 살아가는데 큰 도움이 됩니다.

"독서는 정신적으로 충실한 사람을 만듭니다."

"1등과 꼴지는 1점 차이이고, 종이 한 장의 차이입니다." 미래의 꿈과 희망을 가지고,

포기하지 말고 노력하면, 1개월이면 1등도 따라 잡을 수 있습니다. 자기 자신을 믿고 힘을 내야 합니다. "나는 누구인가?"

젊음의 가능성은 무궁무진함으로 책을 많이 읽고, 밥을 많이 먹고, 운동을 열심히 해야 건강한 정신과 체력이 자신의 힘을 만들어 줍니다.

$$젊음 = 꿈 + 희망$$

세상을 살아가면서 옳고 그름을 판단하고, 내 삶을 풍요롭게 하기 위해서는 깨달아야 합니다.

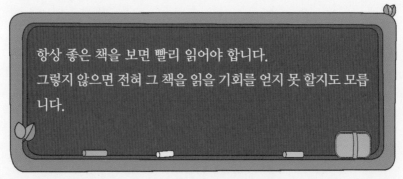

항상 좋은 책을 보면 빨리 읽어야 합니다.
그렇지 않으면 전혀 그 책을 읽을 기회를 얻지 못 할지도 모릅니다.

진정한 벗은 제2의 자기인 것이다

사람은 서로 돕고 의지하며 살아가는 동물입니다.

① 좋은 친구를 많이 사귀어 친구의 의견을 존중하고, 친구를 배려하고 친하게 지내야 합니다.

② 친구에게 관심을 가지고 사이좋게 서로 격려하고, 충고하는 좋은 친구가 되어야 합니다.

③ 친구의 잘못은 조용히 지적해서 고치도록 충고해 주어야 진정한 친구입니다.

항상 친구를 욕하고, 시기하고, 미워하지 말고 장점을 칭찬해 주어야 좋은 친구입니다.

사람은 모두가 성격과 능력이 다르므로 서로 이해하고 친하게 지내야 서로 도움이 됩니다. 한 번도 상처 받지 않는 것처럼 웃으면서…

혹시라도 친구와 싸우면 먼저 사과해야 합니다.

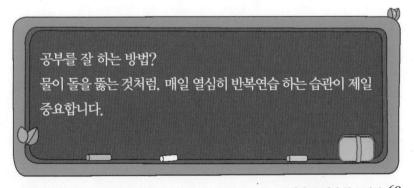

공부를 잘 하는 방법?
물이 돌을 뚫는 것처럼, 매일 열심히 반복연습 하는 습관이 제일 중요합니다.

"너무 많은 친구를 가진 사람은 진짜 진정한 친구가 한 사람도 없다는 것과 같다."라고 아리스토텔레스는 말했으며 "공기와 빛과 친구의 사랑, 이것만 남아 있으면 실망할 것이 없다." 라고 괴테는 말했습니다.

우정友情의 친구는 서로에게 도움이 되고, 진실眞實된 마음으로 서로를 깊이 이해하고 도와주어야 합니다.

나의 기쁨을 두 배로 하고 슬픔을 절반으로 하는 진실한 멋진 친구가 우리는 필요합니다.

마음이 통하는 선배와 후배, 부모와 자식의 관계도 서로 이해하고 서로의 힘을 인정해 주는 것이 중요합니다.

"친구 따라 강남 간다."는 말처럼 친구가 중요합니다.
세상에는 좋은 사람과 나쁜 사람이 있습니다.
나쁜 친구는 얻기 쉽지만, 좋은 친구를 얻기는 쉽지 않습니다.

오래 사귀어야 할 좋은 친구는?

① 예절 바르고 착하고 정직한 사람

② 마음속이 깊고 넓은 사람

③ 교양과 지식이 있는 사람

④ 정의감과 용기가 있는 사람

⑤ 꿈과 목표가 있는 사람

가능한 사귀지 말아야 할 나쁜 친구는?

① 욕이나 아첨만 하는 얄미운 사람

② 마음이 썩어 겉과 속이 다른 사람

③ 거짓말만 하는 무책임한 사람

④ 양심과 도덕이 없는 사람

⑤ 비굴하고 변덕이 심한 기회주의자

친구 만드는 7가지 비결

1. 친구와 사이좋게 지낸다.
2. 친구의 좋은 점은 칭찬한다.
3. 친구의 나쁜 점은 충고한다.
4. 친구가 힘들 때는 도와준다.
5. 친구를 믿고 친하게 지낸다.
6. 친구의 입장에서 생각한다.
7. 친구의 비밀을 남에게 말하지 않는다.

친구를 사귈 때!

"친구를 사귀려면 믿음이 있어야 하고, 올바른 사람이 되려면 타고난 착한 마음을 가져야 합니다."

- 홍자성의 〈채근담菜根譚〉 중에서

일이 뜻대로 잘 되지 않을 때는 자신보다 못한 사람을 생각하면 원망이 없어지고, 마음이 게을러지면, 자기보다 잘하는 사람을 생각하면, 저절로 힘이 납니다. 청소년은 꿈과 희망을 가지고 힘차게 살아야 합니다. 자신의 내일과 미래의 행복을 위하여!

창의력과 상상력

1020 청소년 시절에는 〈이솝우화〉의 〈토끼와 거북이〉처럼 사이좋게 뛰면서 열심히 공부하고 운동도 하면서 독서를 많이 하여 지혜와 지식을 쌓아야 훗날 훌륭한 사람이 될 수 있습니다.

게으름을 안 피우고, 자신의 독창적인 능력을 기르는데 열심히 노력해야 사회에서 필요로 하는 사람이 될 수 있습니다.

21세기의 글로벌 사회에서는 창의력과 상상력, 힘과 용기, 지혜와 지식의 능력이 필요합니다.

여러분의 무지개 같은 좋은 생각을 계획하고 잘 활용해야 합니다.
재미있고 쉬운 것부터, 내가 잘할 수 있는 것을 하세요.
큰일을 하려면, 욕심을 버려야 하고 자신감과 용기, 꿈과 희망을 가지고 YES I CAN. 정신으로 노력하고, 적극적으로 뛰면서 즐거운 마음으로 봉사해야 성공합니다.

지나간 과거보다는 다가올 미래, 지금 현재가 10배나 더 중요하니, 소중한 시간을 절대 헛되이 낭비하지 마세요. 행복과 고통은 다 지나갑니다!

어려서부터 모든 것을 신기하게 생각하여, 미술, 음악, 수학, 과학, 공학 분야에서 크게 활동하였습니다.

즉, 예술가는 훌륭한 과학자라고 생각하였습니다.

특히, '모나리자'는 볼 때마다 다르게 느껴지는 살아있는 것 같은 그림이라고 모두들 말합니다.

다빈치는 작품을 현미경으로 보는 듯이 자세히 관찰하여 사실 그대로 사진처럼 그리려고 노력하였습니다.

학창 시절에 어려운 환경을 극복하면, 더욱더 단단하고 멋진 인생의 삶을 살 수 있게 됩니다.

요즘 국제중이나 과학고, 외국어고, 유명대학에 가기 위해서는 전쟁과 같은 경쟁을 치룹니다.

초·중·고교 생활기록부에 교내대회의 실적을 기록하기 위해, 각종 상장을 받기 위해 서로 치열하게 노력합니다.

책속에 길이 있다

책은 인생의 길잡이 이고, 배움의 길은 독서에서부터 시작됩니다.

"하루라도 책을 읽지 않으면 입안에 가시가 돋는다."(一日不讀書 口中生荊棘일일불독서 구중생형극)라는 안중근 선생의 말씀처럼, 학창 시절에는 위인전이나 동화책을 많이 읽고, 한국의 명작이나 세계의 명작을 읽어서 책속에서 간접경험과 지혜를 많이 얻어야 합니다.

책을 읽으면, 이해력, 판단력, 상상력, 문장력이 길러지고 수많은 지식과 정보를 얻어 인생이 풍요롭게 됩니다.

매일 한 권이라도 꾸준히 책을 읽고, 도서관에 들려서 책도 빌리는 부지런한 좋은 습관을 길러야 성공할 수 있습니다.

"책속에 길이 있다."라는 말처럼 책을 많이 읽으면 마음의 양식이 되어 힘이 생기고, 자신의 판단력과 결단력이 있는 훌륭한 사람이 될 수 있습니다. 온갖 역경과 시련도 은근과 끈기로 극복할 수 있습니다.

세종대왕은 사서삼경四書三經을 100번이나 반복해서 읽었고, 미국의 링컨 대통령이나 전기를 만든 발명왕 에디슨도 책을 많이 읽었습니다. 힘은 짐념과 저력입니다. 한 권의 책이 인생을 바꿉니다.

글씨를 잘 쓰는 추사 김정희는 "가슴속에 1만권의 책이 들어 있어야 그것이 흘러 넘쳐서 그림과 글씨가 된다."라고 말하였습니다. 좋은 책을 많이 읽어야 성공합니다.

어떤 어려움도
미래의 행복을 위한 기회이다

팔과 다리가 없이 태어난 오토다케 히로타다乙武洋匡는 자신의 성장
과 과정을 쓴 〈오체불만족〉이라는 책에서, **"자신은 장애로 소
풍, 체육, 동아리, 줄넘기, 수영 등이 불편하지만, 불
행하지는 않다. 나에게는 누구에게도 뒤지지 않을 특
장特長이 있다."**라고 말하면서, 항상 희망과 용기를 가지고 활발한
학교생활을 하고, 체육을 제일 좋아하는 과목이라고 대답하여 우리를
놀라게 하고 감동을 주고 있습니다.

오토다케 히로타다는 장애인으로 태어났지만, 유명한 와세다 대학
早稻田大學을 졸업하고, 초등학교 교사, 소설가, 스포츠 캐스터로 활약
하였고 "장애는 불편하지만, 불행하지는 않다."면서 새로운 인생을 위
해 모든 일에 도전하고 있습니다.

"어떤 어려움도 미래의 행복을 위한 기회이다."라고
생각하면 극복하고 전진할 수 있을 것입니다.

오토다케의 〈오체불만족五體不滿足〉이나 〈내 인생 내가 만든다〉, 〈꿈이 사람을 만든다〉, 〈내 마음의 선물〉 등의 책을 읽다보면, 우리 정상인들의 게으른 모습과 존재감이 부끄러울 뿐입니다. 우리들의 삶의 태도와 존재 이유에 경종을 울리고 감동을 주고 꿈과 희망을 줍니다.

항상 진실하고, 거짓말을 할 줄 모르는 사람, 정직하고 솔직한 믿음직한 사람, 어려운 환경을 극복하고 부지런히 공부하는 사람은 반드시 성공합니다.

배짱과 자신감을 가지고 행동해야 합니다.

아름다운 인생을 만들기 위해서는 순간적인 고통은 웃어넘기는 세상을 달관하는 달인이 되어야 한다.

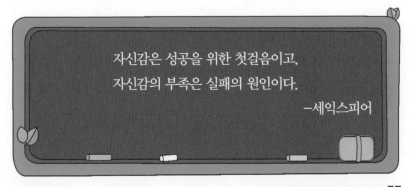

자신감은 성공을 위한 첫걸음이고,
자신감의 부족은 실패의 원인이다.

-세익스피어

한국이 낳은 다트머스대학 총장 김용 박사

김용 교수는 5세 때, 미국으로 이민을 가서 미식축구와 농구 등의 운동을 좋아하면서 열심히 공부 하였습니다.

퇴계 이황과 율곡 이이에 관한 책을 읽고, 큰 뜻을 품고 세계를 위해 봉사하고 싶은 생각을 10살 때부터 하였답니다.

브라운대학을 졸업하고, 하버드대학에서 의학박사와 인류학 박사 학위를 받은 후, 20년 동안 하버드대학에서 교수를 하면서 국제적으로 에이즈와 결핵 퇴치활동을 해왔습니다.

2006년에는 "세계를 변화시킨 영향력있는 100인"에 선정 되었으며, 2009년에 김용 박사는 미국의 동북부지역에 있는 유명한 다트머스대학 총장이 되셨고, 2012년 7월부터 5년간 세계은행 총재가 되셨습니다.

세계은행은 저개발국의 빈곤퇴치와 경제성장을 지원하고 기후변화에도 대처하는 전문적인 이슈도 다루고 있습니다.

"한국의 청소년들이, 꿈을 크게 갖고 '세계의 문제'에 고민하고, 이웃을 돕는 마음도 가졌으면 한다."고 말합니다.

모든 일은 효·중학교 때 시작입니다.

초·중학생이 학교에서 공부를 열심히 하지 않고, 독서를 싫어한다면, 고등학생, 대학생이 되어도 내일의 비전이 없습니다.

학창시절에 꿈도 희망도 없다면 인생을 성공할 수 없습니다.

매일 컴퓨터 게임이나 하고, 독서를 하지 않으면, 머리가 텅 비어서 아무것도 할 수 없는 불쌍한 사람이 됩니다.

〈삼국지三國志〉에서 〈명심보감明心寶鑑〉에 이르기까지 골고루 책을 많이 읽어서 머리를 총명하게 하고, 생각하는 힘을 길러야 새로운 아이디어가 많이 생깁니다.

학상시절 매일 책을 읽지 않으면, 자신의 재능을 찾아서 개발할 수가 없습니다. 자신이 좋아하고 흥미가 있는 일에 더욱더 관심을 가지고 열심히 노력하면 꿈은 반드시 이루어질 것입니다. 노력 끝에 성공합니다.

자기 자신을 강하게 만드는 위인전이나 영웅의 전기傳記를 열심히 읽어서 성공의 지름길을 찾아야 합니다.

공부를 게을리하지 않고 열심히 노력하면 반드시 성공할 수 있습니다. 항상 몸과 마음을 튼튼하게 하고 공부와 독서로 자신의 힘을 길러야 됩니다.

꿈과 희망을 잃지 말고 오늘도 최선을 다하여 후회가 없도록 하고 큰 사람이 되기 위해서는 몸과 마음을 건강하게, 적성에 맞는 공부를 하고, 즐겁게 독서를 해야 행복한 100세 인생을 살 수 있습니다.

$$성공 = 시간 \times 노력$$

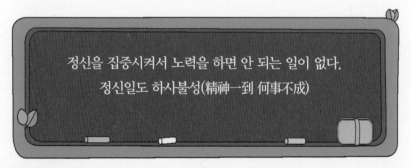

정신을 집중시켜서 노력을 하면 안 되는 일이 없다.
정신일도 하사불성(精神一到 何事不成)

빌 클린턴 이야기

　미국의 42대와 43대의 대통령을 지낸 빌 클린턴은 임신 6개월 때 아버지가 교통사고로 세상을 떠나 아버지 얼굴도 모르고 태어났습니다. 계부 밑에서 어린 청소년 시절을 성실하게 생활하면서 열심히 공부하여 조지타운 대학교와 영국의 옥스퍼드 대학을 졸업한 후에 예일대학교 법학대학원을 나와서 변호사가 되어 힐러리와 결혼하였습니다.

　32세로 최연소 주지사에 당선되었으며, 대학교수를 하다가 49세에 미국의 42대 대통령이 되었습니다. 이것은 그가 낙천적이고 열정적인 성격과 강하고 야성적인 정신력으로 모든 역경을 기회로 받아들이는 꿈과 자신감을 가지고 열심히 살아왔기 때문에 가능하였습니다.

　클린턴의 부인인 힐러리(69세)는 2016년 11월 8일 미국 대통령선거에 민주당 후보로 출마하여 공화당의 트럼프(70세) 후보와 경쟁을 하여 졌지만, 인생의 역전은 가능합니다.

이순신 장군은 청렴결백한 생활과 애국심이 강하고 부하를 내 몸과 같이 아끼고 책임감이 강하였습니다.

1592년 4월 14일 임진왜란이 일어나 왜적이 쳐들어오자 이순신 장군은 5월 4일 거북선과 12척의 배를 이끌고 옥포에 가서 왜군을 물리쳤으며 모든 기록을 '난중일기亂中日記'에 적었습니다.

1593년 8월 이순신 장군은 수군통제사가 되어 모든 해군을 지휘 하면서 사령부가 있는 한산도에서 다음과 같은 시詩를 읊었습니다.

한산 섬 달 밝은 밤에 수루戍樓에 홀로 앉아

큰 칼 옆에 차고 깊은 시름 하는 적에,

어디서 일성호가一聲胡笳는 남의 애를 끊나니.

1598년 11월 19일 노량 앞바다에서 왜군의 배 3백여 척을 물리치는 전쟁 중에 왜군의 총에 맞아 죽어 가면서도 '자신의 죽음을 적에게 알리지 말라'고 말씀하시면서, 나라를 위해 최후까지 싸워서 승리하였던 것입니다.

힘!

힘! 힘!

힘! 힘! 힘!

힘을 기르자!

힘은 기르면 반드시 생긴다!

힘은 위대하여, 모든 것에는 힘이 있다!

힘이 없으면 고통스럽고, 얻는 것도 없다!

힘力으로 사람을 장악하고 복종시키려 하지 말고,

덕德으로 사람을 장악하고 복종시켜야 한다.

청소년들은 배짱으로 살아야 한다.

자신의 장점을 강점으로 만들어라

도산 안창호 선생에 대해서 꼭 알아봅시다!!

"힘! 힘! 힘은 기르면 반드시 생긴다."

"작은 일이라도 내가 맡은 일을 열심히 하면,

그것이 곧 나라를 사랑하는 길이다."

-안창호

청소년들의 필독서
10대의
꿈과 희망

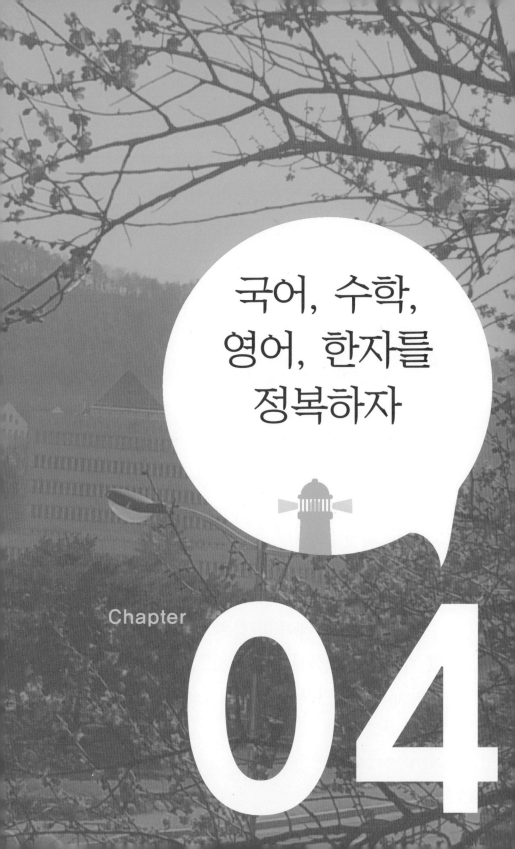

국어, 수학,
영어, 한자를
정복하자

Chapter

04

국어, 영어, 수학, 한자를 잘 하는 땅이 되다!

1. 국어공부는 매일 교과서敎科書나 전과全科를 여러 번 읽자.

2. 한자공부는 한자漢字로 일기日記와 독후감을 써야 한다.

3. 영어공부는 모르는 단어單語는 사전辭典을 찾아봐야 한다.

4. 수학은 자신감自信感을 가지고 많은 문제問題를 풀어 보자.

5. 국어공부는 다양한 책册을 많이 읽고, 토론討論을 해보자.

6. 한자漢字도 많이 읽고 여러 번 써봐야 한다.

7. 영어英語 단어單語나 문장文章은 꼭 외워야 한다.

공부를 잘 하는 방법은 집에서 스스로 예습과 복습을 하고, 학교 수업시간에 선생님 말씀 잘 들으면 됩니다.

학창 시절에 꼭 해야 할 일은 예절 교육, 한글 맞춤법 익히기, 받아쓰기, 띄어쓰기 등을 철저히 시키고, 국어 교과서를 여러 번 읽고 매일 일기를 써야합니다.

요즘은 유치원 때부터 영어공부를 열심히 해서, 초·중학생이 영어 회화를 할 줄 알고, 한자능력시험 3급 정도는 보통입니다. 컴퓨터도 500타 정도이고, 태권도 1단에 피아노도 잘 치고, 소설책도 1,000권 이상 읽은 학생이 많습니다.

내일의 주인공, 짱이 됩시다. 언제 어디서나 착한 마음으로, 청소년 시절에 좋은 습관을 기르고, 희망과 자신감을 가지고 생활하세요.

걱정 말고 웃으면서 항상 새로운 꿈을 꾸세요.

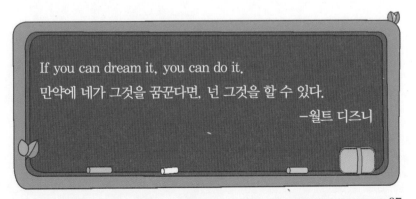

If you can dream it, you can do it.
만약에 네가 그것을 꿈꾼다면, 넌 그것을 할 수 있다.
-월트 디즈니

국어의 비법 5가지

1. 동화나 위인전 같은 소설책을 많이 읽어야 합니다.
   (독서를 통해서 많은 간접 경험을 쌓아야 됩니다.)

2. 하루에 한 권 이상 책을 읽어야 합니다.
   (재미있게 책을 읽는 습관을 키웁시다.)

3. 항상 읽은 책은 독후감을 써봅시다.
   (스스로 정리하고 사고력을 기르세요.)

4. 일기는 매일 꼭 써야 합니다.
   (자신의 생각을 글로 쓰는 능력을 키우세요.)

5. 맞춤법과 받아쓰기는 정말 중요합니다!
   (읽기, 쓰기, 말하기, 듣기는 국어실력을 키워줍니다.)

국어공부는 시, 소설, 동화나 위인전 등의 폭넓은 독서를 통하여 독해력을 기르고, 독후감이나 일기를 쓰면, 발표력과 표현력이 크게 향상됩니다.

국어공부 잘하는 비법은 책을 하루에 한 권씩 읽고, 독후감을 쓰고, 매일 일기를 쓰면 도움이 됩니다.

영어정복의 비법 5가지

〈4개국어 여행회화〉 책으로 공부하면, 참 재미있습니다!

1. 매일 단어를 10번 읽고 외웁니다.

2. 매일 단어를 5번 쓰고 외웁니다.
   (BOOK, book, PEN, pen, WATER, water)

3. 기본 문장을 꼭 암기 합니다.
   (Good Morning papa. How do you do.)

4. 매일 TAPE 나 CD를 여러 번 듣습니다.

5. 암기한 문장을 친구와 시합해 봅시다.

영어공부를 잘 하는 방법은 읽기, 쓰기, 듣기, 말하기의 4기능을 모두 골고루 잘할 수 있도록 여러 번 책을 읽고 여러 번 써봐야 합니다. 반복 연습이 제일 중요합니다.

테이프나 CD를 듣고 따라서 읽으면서 여러 번 반복 연습을 하면 국어와 영어공부를 잘할 수 있습니다.

일기나 시를 써보고 동화나 소설을 많이 읽어야 하고, 독후감도 써보고 모르는 단어는 꼭 사전을 찾아서 익혀야 합니다.

영어공부 잘하는 비결은 매일 단어를 읽고, 쓰고, 기본 문장을 암기하고, 매일 TAPE 나 CD를 듣고, 매일 암기하고 문장을 친구나 부모님과 함께 시합을 해봅니다. 적극적으로 공부하는 습관이 중요합니다.

영어공부는 TV에서 듣고, 영어노래나 놀이를 통해서 단어를 외우고, 기본 문장을 여러 번 읽고 쓰고 암기하지 않으면 안 됩니다.

언어의 4기능인 읽기, 듣기, 쓰기, 말하기를 반복 연습해야 영어를 정복할 수 있습니다.

외국인과 의사소통을 할 정도의 영어는 우선 단어 1,000~ 2,000개 이상을 읽고, 쓰고, 암기하면 가능합니다.

매일 1시간이라도 tape나 회화책을 반복해서 습관적으로 1개월 이상 열심히 하면서 의지력과 집중력을 가져야 합니다.

가장 쉬운 영어책을 골라서 매일 가능한 새벽에 반복해서 읽고 반복연습하면 가장 효과가 있습니다.

자녀들에게 비싼 돈 들여서 사교육이나 외국연수 안 보내도 요즘은 좋은 책이 많아 집에서 충분히 잘 할 수 있습니다.

한국도 외국인 150만 명 시대에 접어들었습니다.

외국인과 외국문화를 이해하고 접목해야 강인한 한국인과 한국문화가 될 수 있습니다. 국제화 시대에 외국어는 필수입니다.

시간과 기회는 우리를 기다려 주지 않습니다.

할 수 있을 때 부지런히 해야 합니다. 위기를 극복할 수 있는 용기 있는 행동력이 중요합니다.

풍부한 정신력과 사고력을 기르기 위해서는 청소년 시절에 많은 책을 읽어서 폭 넓은 지식과 지혜를 쌓아야 합니다.

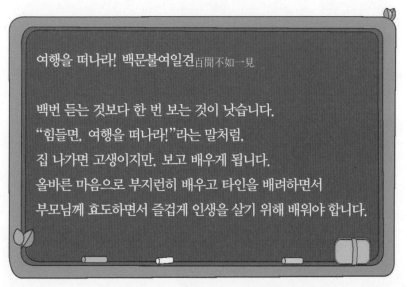

여행을 떠나라! 백문불여일견 百聞不如一見

백번 듣는 것보다 한 번 보는 것이 낫습니다.
"힘들면, 여행을 떠나라!"라는 말처럼,
집 나가면 고생이지만, 보고 배우게 됩니다.
올바른 마음으로 부지런히 배우고 타인을 배려하면서
부모님께 효도하면서 즐겁게 인생을 살기 위해 배워야 합니다.

반기문(1944~) 이야기

반기문 유엔사무총장은 학창시절에 영어공부를 열심히 하였습니다.

세계의 대통령이라고 불리는 유엔사무총장에 당선된 반기문 총장은 2007년 1월 1일부터 취임하였으며, 2012년 연임에 성공하여 2016년 12월 까지 10년 동안 즉위했습니다.

반기문 총장의 리더십은 "뚝심과 근면 성실로 명성을 다져왔으며, 적극적이고 의욕적인 태도와 흔들리지 않은 결단력에서 비롯된다."라고 미국의 크리스천 사이언스 모니터가 2008년 3월 12일 소개하였으며, 미국의 포브스에 2016년 11월 4일 국제 전문가인 엔더스 코는 "한중, 한일관계, 국제관계에서 경험있고, 강하고 인간적인 리더 반기문 총장이 한국의 대통령에 적합하다"고 말했습니다.

반기문 유엔사무총장은 학창시절에 외교관이 꿈이었으며,
어려서부터 영어공부를 열심히 하여 꿈을 이루었습니다.

세계는 넓고 할 일은 많습니다. 배짱으로 자신 있게 여러분들도 꿈과 용기를 가지고 집념과 끈기로 노력하면 할 수 있습니다. 부모님들은 여러분을 기대하고 정말로 믿고 사랑합니다.

1020 청소년 시절에 여러 나라의 언어를 말 할 줄 알아야 국제적인 인물이 될 수 있습니다. 힘을 기르세요! 기회는 옵니다.

김인현의 〈말 펑펑 4개국어 여행회화〉를 여러 번 반복 연습하면 큰 도움이 될 것입니다.

1861년~1865년까지 미국의 16대 대통령입니다.

1963년 11월 19일 게티스버그에서, "Of the people, by the people, for the people국민의, 국민에 의한, 국민을 위한 정치를 하겠다."라는 연설은 미국 국민의 평등한 자유와 민주주의의 주장이며, 노예제도를 폐지하고 노예를 해방하여, 1965년 4월9일 남북전쟁을 승리로 끝냈습니다.

1809년 가난한 시골에서 태어난 링컨은 학교도 다니지 못했지만, 책을 좋아해서 〈워싱턴 전기(傳記)〉를 읽으면서 자기행동에 대한 책임을 배웠고, 혼자서 엄청나게 많은 책을 읽고 열심히 공부하여 변호사가 되었습니다.

명랑하고 인정이 많고 똑똑해서 국회의원國會議員이 되고 대통령大統領까지 되었습니다.

수학도사의 비법 5가지

수학 공부는 하면 할수록 참 쉽고 재미있잖아요!

1. 매일 연습문제를 많이 풀어봅니다.
   (50+5-3-0=52 집합문제, 수와 식......)

2. 매일 예습과 복습을 꼭 해야합니다.
   (십진법, 유리수, 1,2차 방정식, 1,2차 함수......)

3. 기초문제를 여러 번 반복연습해야 합니다.
   (덧셈, 뺄셈, 곱셈, 나눗셈, 도형, 수열, 미분, 적분......)

4. 공식을 외우고 어려운 문제에 도전해야 합니다.
   (구구단 외우기 9x9=81, 19단 19x19=361)

5. 모르는 문제는 친구와 선생님께 물어봅니다.

6. 기출문제를 여러번 풀어서 문제해결력을 기른다.

   구구단과 19단을 10번 읽고 외워서 부모님께 칭찬받고 용돈도 꼭
받으세요. 수학은 매일 반복 연습하면 참으로 쉽습니다.

수학공부의 비법은 매일 연습문제를 많이 풀고, 꼭 예습과 복습을 하고, 스스로 기초문제를 철저히 반복해서 풀어봐야 합니다. 어려운 문제에 도전해 보고, 모르는 문제는 선생님께 물어봅니다.

수학공부를 잘 하는 비법은 수학은 쉽고 재미있다는 생각이 중요합니다. 인수 분해, 함수, 평면도형, 분수 등을 배우게 되는데, 자신감을 가지고 우선 교과서와 익힘 책을 예습, 복습하면서 자습서를 같이 보고 또 문제집을 여러번 풀어봐야 됩니다.

매일 1시간씩이라도 꾸준히 문제를 반복해서 자기 힘으로 풀어봐야 기초지식이 오래오래 기억됩니다.

조금이라도 게을리 하고 오랫동안 공부를 안 하면 암기했던 구구법을 잊어 먹듯이 방법을 잊어버립니다.

좋은 책을 읽지 않는 사람과 읽은 사람의 차이는 하늘과 땅의 차이가 있습니다.

한자 정복의 비밀 5가지

1. 여러 번 읽고 암기暗記 해본다.

2. 쉬운 것부터 어려운 것까지
   단계적段階的으로 반복反復해서 공부工夫한다.

3. 열 번씩 연습장鍊習帳에 적어본다.

4. 부모父母님과 한자漢字이야기를 해본다.

5. 모르는 한자漢字는 선생님께 물어본다.

6. 매일每日 한자漢字로 일기日記를 쓴다.

한자 정복의 비밀은 쉬운 것부터 어려운 것까지 단
계적으로 여러 번 읽어서 암기하고, 연습장에 여러
번 적어보고, 부모님과 한자이야기를 하고,
모르는 한자는 친구나 부모님께 물어봅니다.

初志一貫, 大器晚成
(초지일관, 대기만성)

천자문千字文은 중국 한漢나라시대에
양무제梁武帝가 주흥사周興詞에게 명령命令하여
하루 동안에 만들었다고 합니다.

한석봉 천자문은 선조宣祖 11년에 왕명王命에
의하여, 한자漢字를 많이 알고
한문漢文을 잘 쓰는 한석봉이 千字文을
써서 바친 것입니다.

한석봉의 집은 가난했으나 글
솜씨가 뛰어났습니다.

한석봉은 종이가 없을 때에는
바위에다 글씨를 쓰고, 밤늦게까지
열심히 공부하였습니다.

절에서 3년간 공부하다가 집으로
돌아왔으나 공부하는 도중에 돌아왔다고
어머니께 꾸중을 들었습니다.

어느 날 등잔불을 끄고 석봉은 글씨를 쓰고,
어머니는 떡을 자르는 시합을 하였는데, 석봉의 글씨는 크고 작고 삐뚤삐
뚤 엉망이었으나 어머니가 자른 떡은 가지런하고 규칙적이었습니다.

석봉은 크게 깨닫고 다시 절로 돌아가서 더욱더 열심히 工夫하여, 훗
날 대한민국大韓民國과 중국中國에서 명필名筆로 널리 알려져 유명有名
하게 되었습니다.

1. 나쁜 일은 천리를 달린다.

나쁜 행동이나 좋지 않은 평판은 곧 세상에 알려진다는 뜻.
'나쁜 소문은 빨리 퍼진다.' 무족지언비천리無足之言飛千里

2. 사면초가(四面楚歌)

주위 사람들이 모두 적이 아니면 반대자여서 완전히 고립상태
가 되었다는 뜻.

3. 용두사미(龍頭蛇尾)

머리는 용이고 꼬리는 뱀처럼 가늘다. 처음은 왕성하고 끝에
가서는 쇠퇴한다는 뜻.

4. 끼리끼리 모이다. 유유상종(類類相從)

뜻이 맞는 사람끼리, 취미나 주의가 같은 사람끼리는 자연히
함께 모이게 된다는 뜻.

5. 백 번 듣는 것이 한 번 보는 것만 못하다.

남의 이야기를 백 번 듣는 것보다 자기 눈으로 한 번 보는 것이
이해가 빠르다는 말. 백문 불여일견百聞不如一見

6. 운이 나쁘면 자빠져도 똥 위에 넘어진다.

'재수가 없으면 뒤로 자빠져도 코가 깨진다.'

7. 쇠귀에 경 읽기. 우이독경(牛耳讀経)

의견이나 충고를 해 주어도 들어주지 않아서 효과가 없다는 뜻.

8. 대기만성(大器晩成)

큰 그릇에 물이 천천히 차듯이 큰 인물도 천천히 완성된다.

9. 대장 혼자서 전쟁을 치를 수 없다.

아무리 지위가 높거나 잘난 사람이라도 혼자서는 큰 일을 할 수 없다는 말. '독불 장군은 없다.'

10. 비 온 뒤에 땅이 굳어진다.

어떤 풍파를 겪은 뒤에 도리어 기틀이 튼튼해진다는 뜻.

11. 돌 위에서도 3년.

참고 견디면 반드시 성공한다는 뜻.

12. 돌다리도 두드려 보고 건너라.

모든 일에 세심한 주의를 해야 한다. 유비무환有備無患

13. 정신을 한곳에 집중하면 무슨 일이든 이루어진다.

정신일도 하사불성精神一到 何事不成

14. 한 가지를 보면 열 가지를 알 수 있다.

한 가지 하는 일을 보면 다른 모든 일을 짐작할 수 있다는 뜻.

15. 하나를 듣고 열을 안다.

어떤 일의 일부를 듣는 것만으로 전체를 깨닫는다는 뜻.

16. 가문보다는 가정교육이 중요하다.

사람이란 혈통보다도 자라난 환경이나 교육이 더 중요하다는 뜻.

17. 호사다마(好事多魔)

좋은 일, 잘 되어가는 일에는 탈이 생기기도 하므로 방심해서
는 안 된다는 뜻.

18. 남의 이야기를 하면 그 사람이 온다.

남의 흉을 보고있는데 그 당사자가 나타남을 이르는 뜻.
'호랑이도 제 말하면 온다.'

19. 조삼모사(朝三暮四)

결과적으로는 같은 것인데도 눈앞의 차이에 구애되어 제대로 이해하지 못한다는 뜻.

20. 진인사대천명(盡人事待天命)

자기 힘으로 할 수 있는 일을 다 하고 하늘에 맡긴다는 뜻.

21. 도둑이 뻔뻔스럽다. 적반하장(賊反荷杖)

잘못된 일을 하고도 이를 탓하면 잘했다고 도리어 큰 소리를 친다는 뜻. '도둑이 오히려 주인에게 매를 든다.'

22. 정신일도 하사불성(精神一到 何事不成)

정신을 집중하고 그 일에 전력하면 어떤 일이든지 못할 것이 없다는 뜻.

23. 어버이 마음을 자식은 모른다.

부모가 자식을 사랑하고 생각하는 깊은 뜻도 모르고 자식은 제 멋대로 한다는 뜻.

24. 타산지석(他山之石)

변변치 않은 남의 언동이라도 그것이 자신의 언동을 올바르게 하는데 도움이 된다는 말.

25. 그 아비에 그 아들. 개구리 새끼는 개구리.

자식이란 결국 부모가 걸어온 길과 유사한 길을 걷게 된다.

26. 죽마고우(竹馬故友)

어릴 때부터 사이좋게 지내온 친구라는 뜻.

27. 칠전팔기(七顚八起)

7차례의 실패에도 굴하지 않고 8차례 분발하여 일어난다는 뜻.

28. 벽에 귀가 있고 장지에 눈이 있다.

어디서 누가 듣고 있는지, 누가 보고 있는지 알 수 없다는 뜻.
비밀이란 누설되기 쉽다. '낮말은 새가 듣고 밤 말은 쥐가 듣는다.'

29. 무엇보다도 오랜 경험이 소중하다.

연장자들이 오랜 세월을 거쳐 온 경험이나 지혜는 귀중한 것이
라는 말. '소리개도 오래되면 꿩을 잡는다.', '서당 개도 3년이면
풍월을 한다.' 무엇이나 오랫동안 반복연습하면 누구나 잘할
수 있다는 사실이다.

사자성어를 외우다

10번 읽어서 100점을 맞아 부모父母님께 효도孝道하자

男女老少	남녀노소	他山之石	타산지석	以心傳心	이심전심
朝三暮四	조삼모사	一石二鳥	일석이조	七顚八起	칠전팔기
外柔內剛	외유내강	正正堂堂	정정당당	公明正大	공명정대
試行錯誤	시행착오	四面楚歌	사면초가	言行一致	언행일치
喜怒哀樂	희로애락	有備無患	유비무환	始終一貫	시종일관
馬耳東風	마이동풍	大器晚成	대기만성	竹馬故友	죽마고우
東奔西走	동분서주	單刀直入	단도직입	五里霧中	오리무중

● 동음이의어同音異議語 ; 똑 같이 읽지만 뜻이 다른 글자.

새로울 신(新), 믿을 신(信), 귀신 신(神), 매울 신(辛) 등

공부도 때가 있다

"일생의 계획은 청소년青少年 시절에 세워야 하고, 1년의 계획은 봄에 세워야 하며 하루의 계획은 아침에 세워야 한다."
                                                    -공자

항상 최선을 다해 경청하고, 배우고, 느끼고, 베풀어야 합니다.
즉, 평생平生의 계획計劃은 젊어서 목표를 정해서 노력해야 완성되고, 1년의 계획은 1월에 세워야 하며, 봄에 씨앗을 뿌려야 가을에 거둘 수 있듯이, 새벽에 일어나서 서두르지 않으면, 그날 일을 다 할 수 없다는 말입니다.

초·중·고교시절에 건강健康하고 힘이 넘칠 때, 부지런히 공부하지 않고 오락게임에 빠지면, 취직을 못해 늙어서 삶에 여유가 없고 불쌍한 사람이 되어 힘들 수 있습니다.
무슨 일이든지 집중하여 최선을 다하면 안 되는 일이 없다는 사실을 알아야 합니다. 지금 자신의 상황을 극복하고 즐겁게 전진하면 공부도 잘할 수 있습니다.
"공부工夫도 해야 할 시기時期가 있습니다."

사회가 필요로 하는 멋있고, 꿈 있는 훌륭한 사람이 되어서 이 세상에서 뭔가 뜻있는 일을 하지 않으면 평생 후회하게 됩니다.

중요한 것은 자기 자신이 빨리 깨달아 정직하고 부지런히 목표를 향해 공부에 집중하지 않으면 성공할 수 없으며, 자신의 인생을 누구도 대신해 줄 수가 없다는 것입니다.

특히, 초등학생은 동화나 위인전 같은 책을 많이 읽어야 하며, **중, 고교생은 전기**傳記**나 자기계발서 같은 폭넓은 독서를 통하여** 기초 독해력을 길러야 하고, 독후감이나 일기를 쓰면서 어휘력을 키워야 합니다.

학창시절에는 싫든 좋든 공부에 후회 없도록 최선을 다하는 것이 인생의 삶에 있어서 가장 중요한 일임을 빨리 깨달아야 후회하지 않고 성공할 수 있습니다.

국어공부는 읽기와 쓰기, 말하기와 듣기를 중심으로 독서로 기초를 다지고 맞춤법과 띄어쓰기 등을 공부해야 합니다.

수학공부는 스스로 문제를 많이 풀어보는 습관이 중요하고 빠른 암산이나 계산속도가 중요하므로 여러 번 반복하여 예습과 복습을 철저히 해야 잘할 수 있습니다.

영어공부는 TV에서 듣고, TAPE로 영어노래나 놀이를 통해서 단어를 외우고 기본 문장을 암기하지 않으면 영어 회화가 안 됩니다.

집에서 스스로 꾸준히 학습하는 방법이 가장 효과적이고 좋은 방법입니다. '늦었다고 생각할 때가 가장 빠릅니다.' "지금 시작하라." 할 수 있다는 자신감만 있으면 늦지 않고, 꿈과 목표를 향해 열심히 실행하면 누구나 성공할 수 있습니다.

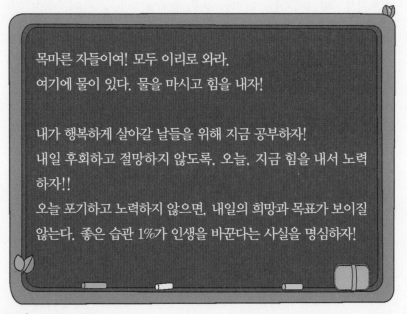

목마른 자들이여! 모두 이리로 와라.
여기에 물이 있다. 물을 마시고 힘을 내자!

내가 행복하게 살아갈 날들을 위해 지금 공부하자!
내일 후회하고 절망하지 않도록, 오늘, 지금 힘을 내서 노력하자!!
오늘 포기하고 노력하지 않으면, 내일의 희망과 목표가 보이질 않는다. 좋은 습관 1%가 인생을 바꾼다는 사실을 명심하자!

리더가 되기 위한 7가지 방법

1. 자신감自信感을 가져야 합니다.

2. 꿈과 희망希望을 가져야 합니다.

3. 목표目標를 향해 최선을 다합니다.

4. 양심적良心的인 사람이 되어야 합니다.

5. 정의正義로운 사람이 되어야 합니다.

6. 모범적模範的인 언동言動을 해야 합니다.

7. 희생 봉사犧牲奉仕하는 사람이 됩시다.

리더는 결단력, 추진력, 카리스마를 가지고 자신에게 엄격하고,
남에게는 부드럽게 따뜻함을 베풀 줄 알아야 합니다.

지키지 않으면 후회하게 될 10가지

주자십회 朱子十悔

주자는 중국의 남송시대의 성리학자입니다.

不孝父母死後悔(불효부모사후회)
부모에게 효도하지 않으면 돌아가신 뒤에 후회한다.

不親家族疎後悔(불친가족소후회)
가족에게 친절하지 않으면 헤어진 뒤에 후회한다.

少不勤學老後悔(소불근학노후회)
젊을 때 부지런히 배우지 않으면 늙어서 후회한다.

安不思難敗後悔(안불사난패후회)
편할 때 어려움을 생각하지 않으면 실패한 뒤에 뉘우친다.

富不節用貧後悔(부불절용빈후회)
풍부할 때 아껴쓰지 않으면 가난해진 후에 뉘우친다.

春不耕種秋後悔(춘불경종추후회)
봄에 씨앗을 뿌리지 않으면 가을에 뉘우친다.

不治墻垣盜後悔(불치장원도후회)
담장을 고치지 않으면 도적을 맞은 후에 뉘우친다.

色不勤愼病後悔(색불근신병후회)
색을 삼가 하지 않으면 병든 후에 뉘우친다.

醉中妄言醒後悔(취중망언성후회)
술에 취해 망언한 말은 술 깬 뒤에 뉘우친다.

不接賓客去後悔(불접빈객거후회)
손님을 접대하지 않으면 돌아간 뒤에 후회한다.

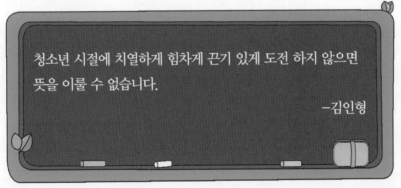

청소년 시절에 치열하게 힘차게 끈기 있게 도전 하지 않으면
뜻을 이룰 수 없습니다.

-김인형

청소년들의 필독서

10대의
꿈과 희망

학창 시절에 꼭 해야 할 일

독서의 힘

남아독서오거서男兒讀書五車書

남자라면 다섯 차車 분량의 책을 읽어야 한다는 뜻으로 다독多讀을 강조하고 있습니다.

책은 여러 번 읽고 또 읽어야 뜻을 이해를 할 수 있고, 독서 후에는 생각을 정리하여 독후감을 써야 오래 기억됩니다.

학창 시절에 집이나 도서관에서 1,000권 이상 책을 읽고, 좋은 책은 내용을 외울 정도로 여러 번 읽어야 합니다.

'**위편삼절**韋編三絶'의 뜻은 공자孔子가 책을 묶은 가죽 끈이 세 번이나 끊어질 정도로 책을 읽었다는 뜻입니다.

좋은 책을 많이 읽고 간접 경험을 많이 쌓아야 모든 일의 실패를 미리 막을 수 있고 성공할 수 있습니다. 아는 것이 힘입니다.

다독, 정독, 반복, 정리하는 좋은 습관을 기르면, 누구나 독서 왕이 될 수 있습니다. 알아야 이길 수 있습니다.

'독서백편의자통讀書百遍義自通'이라는 뜻은?

아무리 어려운 책이라도 되풀이해서 백 번 읽으면, 의미나 내용을 자연히 알게 된다는 뜻입니다.

"책冊 속에 인생人生의 길이 있다."

컴퓨터 황제인 빌게이츠도 독서를 통해서 아이디어를 창출했습니다. "책은 말없는 스승입니다."

사람은 아는 만큼만 보이고, 보이는 만큼만 느끼고, 느끼는 만큼만 생각 할 수 있습니다.

책을 읽지 않고 배우지 않으면, 아는 것이 없으니, 아무 일도 할 수 없고, 성공도 할 수 없습니다.

모르면 무시당하고 실패할 가능성이 커집니다.

세상에 열심히 노력하지 않고 성공한 사람은 아무도 없습니다.

독서지도 5가지 방법

1. 책의 꼬리에 꼬리를 = 다독多讀 왕이 되자!

2. 꼼꼼하게 책 읽기= 정독精讀 왕이 되자!

3. 읽고 또 읽기 = 반복反復 왕이 되자!

4. 독서 후 기록 활동 = 정리整理 왕이 되자!

5. 독후감을 쓰기 = 논술論述 왕이 되자!

스스로 자발적인 독서습관을 기르자!

1. 집안 곳곳에 책을 볼 수 있게 한다.
2. 도서관에서 책 읽는 습관을 기른다.
3. 책 한 권 읽으면 컴퓨터를 조금 할 수 있게 한다.
4. 책상 주변의 어수선한 것들을 정리하자.
5. 독후감, 일기, 그림을 전시하고 자랑한다.
6. 아이의 자신감과 독서의지를 칭찬해준다.

생활 속의 아이들

꾸지람 속에 자란 아이 비난하는 것을 배우고

미움 받으며 자란 아이 싸움질만 하게 되고

놀림당하며 자란 아이 수줍움만 타게 됩니다.

관용 속에 키운 아이 참을성을 알게 되며

격려 받으며 자란아이 자신감을 갖게 되고

칭찬 들으며 자란아이 감사 할 줄 알게 됩니다.

공정한 대접 속에 자란아이 올바름을 배우게 되며

인정 속에 자란 아이 믿음을 갖게 되고

두둔 받으며 자란 아이는 자신의 긍지를 느낍니다.

인정과 우정 속에 자란 아이는

온 세상에 사랑이 충만함을 알게 됩니다.

자기주도의 학습과 자기주장, 토론, 독서 등으로 창의력을 길러 **자기만의 학습계획서**와 **자기주도적인 학습계획**을 세워 실천하면 성적이 팍팍 오릅니다.

초·중 학생 때 중, 고교 공부를 시작하는 선행학습 보다는 아이들이 꿈을 가지고 바르고 건강하게 성장하도록 해야 하며, 학원에 왔다 갔다 하는 시간에 자기 스스로 책 한번 더 읽는 것이 훨씬 낫습니다.

학원에 다니지 않고도 1등을 할 수 있는 공부 방법이 바로 자기주도 학습법입니다. 청소년들이 독서습관을 길러 동서양의 고전 책을 많이 읽어 소중한 지혜를 얻고, 문제를 많이 풀고 연습을 많이 하면 안 될 일이 없습니다.

느릿느릿 황소걸음으로 걸어도 꾸준히 노력하면서 독창적이고 창의적인 세계적인 사람이 될 수 있습니다

지금 배운 것은 1시간 후면 50% 잊어버리므로 10회 정도 여러 번 반복연습하지 않으면 안 됩니다.

자신이 선택한 일에는 100% 책임을 져야 합니다.

부모님이 아이들에게 화내지 않고 '공부해라' 말하지 않아도, 청소년들이 스스로 '공부하고 싶다'는 생각이 들도록 스스로 공부하는 좋은 습관을 1020 학창시절에 길러주는 비밀 방법은 무엇이 있을까요?

1. 부모가 아이의 그릇(수준)을 알아야 합니다.
2. 기본교과서를 반복 연습 해야 합니다.
3. 예습(선행학습)과 복습을 꼭 해야 합니다.
4. 국어는 교과서를 많이 읽고, 수학은 문제를 많이 풀어보고, 영어는 매일 CD를 듣고 쓰고 많이 읽어야합니다.
5. 독서를 많이 해야 많은 것을 알 수 있습니다.
6. 자기의견을 주장할 줄 아는 개성있는 청소년이 되어야 합니다.
7. 책을 많이 읽어야 합니다.

기억력과 집중력이 좋은 1020 학창시절에 공부하지 않으면 평생 울면서 후회하게 됩니다. 부모님께 공부로 효도합시다.

1. 청소년들이여! 큰 뜻을 가지고 살아라!
   꿈과 목표를 향해 항상 뛰면서 생각하라!

2. 습관은 두 번째 천성으로 첫 번째 천성을 파괴한다.　　-파스칼

3. 오늘을 붙잡아라. 가능한 내일에 의지하지 말라.
   그 날 그 날이 일 년 중에서 최선의 날이다.　　　　-에머슨

4. 시간을 잘 붙잡는 사람은 모든 것을 얻을 수 있다.
   　　　　　　　　　　　　　　　　　　　　-이즈레일리

5. 우선 좋은 책을 읽어라. 그렇지 않으면 전혀 그 책을 읽을 기회를 얻지 못 할지도 모르는 일이다.
   　　　　　　　　　　　　　　　　　　　　　-소로오

6. 모르는 것은 모른다고 하는 것이 곧 아는 것이다.
   　　　　　　　　　　　　　　　　　　　　　-공자

7. 천재는 타고 난 것이 1%이고, 99%는 노력이다.
   　　　　　　　　　　　　　　　　　　　　　-에디슨

8. 눈물 젖은 빵은 먹어 본 사람만이 그 진가를 안다.   -링컨

9. 가시나무를 심는 자는 장미를 기대해서는 안 된다.   -필페이

10. 내 삶의 가치를 키워준 첫 번째 영웅은 아버지였다.   -워렌버핏

11. 세 살 때 버릇이 여든 살까지 간다.   -한국 속담

12. 가는 말이 고와야 오는 말이 곱다.   -한국 속담

13. 책은 꿈꾸는 것을 가르쳐주는 진짜 선생님이다. -가스통 바슐라르

14. 독서는 정신적으로 충실한 사람을 만든다.
    사색은 사려 깊은 사람을 만든다.
    그리고 논술은 확실한 사람을 만든다.

                                   -벤자민 플랭클린

15. 인생의 가장 훌륭한 친구는 좋은 책이다.   -체스터 필드

16. 습관은 인생을 성공시킬 수도 있고 파멸 시킬 수도 있다.

                                   -나폴레옹 힐

17. 습관의 힘은 강력하고 거대하다. 그것은 인생을 다스린다. -베이컨

18. 모든 일에 정성을 다하고, 게으름을 부리지 않는 사람은 성공을 하고, 정성없이 게으름만 피우는 사람은 실패한다.   -단서

19. 친구 사이에는 진실로 상대방의 단점을 충고하고 착한 길로 인도해야 하며, 형제 사이에는 화목하고 즐겁게 지내야 한다.

20. 착한 일을 하는 사람에게는 하늘이 축복을 주시고, 악한 일을 하는 사람에게는 하늘이 재앙을 내리신다.   -공자

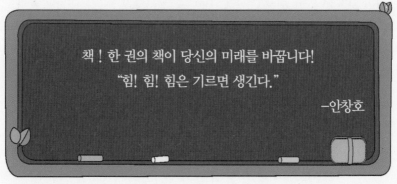

책! 한 권의 책이 당신의 미래를 바꿉니다!
"힘! 힘! 힘은 기르면 생긴다."
-안창호

사람

김 대선

사람은 사람은 나쁜 사람일까?

인간은 인간은 착한 인간일까?

궁금해 궁금해 책 읽어보면,

착한 인간이 더 많은 것 같다.

궁금해 궁금해 뉴스 틀어보면,

나쁜 사람이 더 많은 것 같다.

사람은 사람은 바쁜 사람이 더 많을까?

인간은 인간은 안 바쁜 인간이 더 많을까?

궁금해 궁금해 어린애 보면,

바쁜 어린애 별로 없는 것 같다!

궁금해 궁금해 어른들 보면

바쁜 어른이 더 많은 것 같다!

해

김 대선

해는 날마다 낮에는 나오고,

저녁이 되면 사라지고

아침이 되면, 또 나온다.

해는 참 재미있다.

엄청 재미있다.

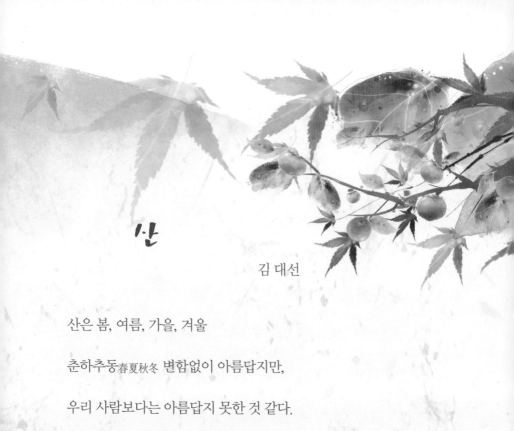

산

김 대선

산은 봄, 여름, 가을, 겨울

춘하추동春夏秋冬 변함없이 아름답지만,

우리 사람보다는 아름답지 못한 것 같다.

산은 언제 봐도 참으로 웅장雄壯하지만,

우리 인간人間 보다는 멋지지 않는 것 같다.

그러나 산은 변함없이 우리의 갈 길을 안내해준다.

사랑하는 아들, 딸들에게

김 인현

사랑하는 내 아들, 딸들아!

짧고도 긴 인생을 지혜롭게 슬기롭게 살아야 한다.

항상 앞을 내다보고 자신이 하는 일에 웃으면서

최선을 다하고, 형제간에 우애 있게 살아라.

주위 사람들과 항상 친하게 지내야 하고,

자신의 사소한 일에 너무 신경 쓰지 말아라.

멋있고, 정의로운, 따뜻한 사람이 되어야 하고,

세상을 둥글게, 올바르게, 똑바로 살아가야 한다.

물처럼 바람처럼 오늘을 즐겁게 살아라.

아버지와 어머니

김 인현

아버지 어제
날 낳으시고
어머니 오늘
날 기르시니
그 깊은 은혜는
하늘과 같사옵니다.

항상 웃고 계셔도
오늘도 가슴 속 깊은 곳엔
세월의 눈물과 아픔을 모두
간직하신 아버지, 어머니!

따뜻한 봄의 꽃향기 같은 어머님의 속뜻을...
추운 겨울의 소나무 같은 아버님의 진실을...

하늘과 땅보다 넓으신 부모님의 참 마음은
우리 아들, 딸들의 참 삶의 등불이시 옵니다!
아버지, 어머니! 정말로 사랑하고, 존경하옵니다.
부디부디 건강하시고 오래오래 만수무강 하옵소서.

학창 시절에 꼭 해야 할 일 **125**

고마운 아빠

김 대선

음식도 사주시고

공부도 가르쳐 주시고

책도 사주시고

용돈도 주시는 아빠.

똑똑하고 건강한 걸

바라시는 아빠.

나를 위해 일하시는 아빠

참으로 고마우신 아버지!

序詩

윤 동주

죽는 날까지 하늘을 우러러
한 점 부끄럼이 없기를,
잎새에 이는 바람에도
나는 괴로워했다.

별을 노래하는 마음으로
모든 죽어가는 것을 사랑해야지.
그리고 나한테 주어진 길을
걸어가야겠다.
오늘 밤에도 별이 바람에 스치운다.

《하늘과 바람과 별과 시》 1941.11.20)

진달래꽃

김 소월

나 보기가 역겨워 가실 때에는
말없이 고이 보내 드리우리다.

영변寧邊에 약산藥山 진달래꽃
아름 따다 가실 길에 뿌리우리다.

가시는 걸음 걸음 놓인 그 꽃을
사뿐히 즈려 밟고 가시옵소서.

나 보기가 역겨워 가실 때에는
죽어도 아니 눈물 흘리오리다.

우리 국민들이 가장 좋아 하는 시詩입니다.
'하늘과 바람과 별과 시'와 '진달래꽃'을 암송해 보
세요.

긍정적인 마인드

　미국 레이건 대통령은 저격범의 총탄에 맞아 쓰러졌을 때, 의사에게 이렇게 물었다고 합니다. **"당신은 공화당 지지자지요?"** 민주당원이라면 자신의 생명이 위험하다는 농담이었으며, 총에 맞고서도 이런 유머를 할 수 있는 여유에서 레이건 대통령의 강인함을 느낄 수 있습니다.

　강인함이라는 것은 굳어서 딱딱해지는 것이 아니라, 유연함과 여유를 갖는 것입니다.

　"이런 농담을 하고 있다니, 정말 화가 날 만도 하다" 고 말하는 사람보다 **"아하하하"** 웃으면서 농담을 즐길 줄 아는 마음의 여유를 갖고 있는 사람이 훨씬 사귀기 편하고 느낌도 좋습니다. 우리도 유머있는 재미있는 사람이 됩시다.

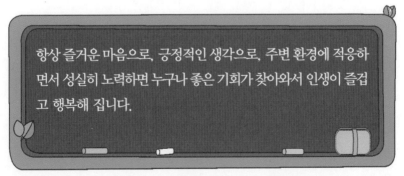

항상 즐거운 마음으로, 긍정적인 생각으로, 주변 환경에 적응하면서 성실히 노력하면 누구나 좋은 기회가 찾아와서 인생이 즐겁고 행복해 집니다.

앞으로의 계획을 세우고 준비해야 합니다. 기회는 자주 없지만, 소리 없이 찾아옵니다. 기회를 붙잡기 위해서는 미리 준비해 두지 않으면 안 됩니다. "할 수 있다"는 자신감이 필요합니다.

기회는 새와 같아서 찾아와도 붙잡지 않으면, 곧바로 떠나버립니다. 큰 일을 성공하려면, 자기 스스로 기회를 만들고 적극적으로 대처해 나가야 합니다.

즉, 산이 나에게 오지 않으면 내가 산으로 갈 수 있도록 준비해야 합니다. 남보다 한 발자국 앞서가는 사람은 능력이 있기 때문에 일에 쫓기지 않고 일을 지배하고 여유를 가질 수도 있습니다. 항상 준비를 게을리 하는 사람은 역경에서 헤매고, 근검절약하고 기회를 잘 포착하는 사람은 기회를 발견할 때 붙잡아 행운으로 바꿉니다.

젊었을 때 배움을 즐기지 않으면, 늙었을 때 괴롭고 힘든 생활을 할 수 밖에 없습니다. 할 수 있다. 나는 잘할 수 있다!

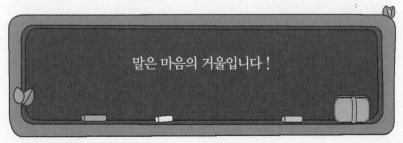

말은 마음의 거울입니다!

젊은이들은 항상 더 높은 곳을 향하여 새로운 도전을 해야 하고, 실패하더라도 다시 일어서서 뛰어야 합니다.

틈틈이 운동을 열심히 할 수록 두뇌활동이 활발해지고 학업 성적이 향상됩니다. 고전, 명작 등의 책을 많이 읽어야 성공하는 멋진 삶을 살아갈 수 있으며, 생활이 힘들어도 절대 자포자기를 해서는 안 됩니다. 기회는 또 있습니다. 준비하면 됩니다.

양심과 마음을 속이고 사리사욕에 눈을 먼 사람은 소인小人이요, 남의 입장에서 생각하고 양보하는 관용을 베풀줄 아는 사람이 대인大人입니다.

성인군자聖人君子는 도와주고 베풀지만 보답은 바라지 않습니다.

공부를 잘 하기 위해서는 꾸준히 책을 많이 읽고 문제를 많이 풀어봐야 합니다. 정신을 차리고 집중해야 됩니다.

공부를 잘하기 위해서는 예습과 복습의 반복학습을 매일 철저히 해야 합니다.

우등생의 기쁨을 맛보기 위해서는 기초부터 착실히 단계적으로 실력을 쌓아야 합니다. 산을 등산하듯이 천천히 꾸준히 참고 노력하면 산 정상에 올라 시원하고 즐거운 느낌을 맛볼 수 있듯이 공부도 꾸준히 열심히 해야 잘할 수 있습니다.

미래의 꿈과 희망

청소년시절에 순발력과 집중력, 판단력을 길러야 복잡하고 다양한 문제의 핵심을 파악 및 해결할 수 있습니다.

항상 자신감을 가지고, 친절하게 생활하고 웃으면서 참고 인내심을 길러야 합니다. 자신의 힘! 실력을 길러야 합니다.

미래의 꿈과 희망을 위해 나 자신의 소질과 적성을 알고 장점을 살려야 합니다.

운동선수라면 태권도 선수인가? 달리기 선수인가? 의사라면 안과인가? 소아과인가? 내과인가? 외과인가?

선생님이 되고 싶다면 초등학교 교사인가, 중, 고등학교 수학 선생님인가? 국어선생님인가? 좀 더 구체적으로 세분하여 자세히 깊이 생각하고 계획을 세워야 합니다.

중요한 것은 부모님과 선생님 말씀을 잘 듣고 밥 잘 먹고 건강하고, 공부는 스스로 열심히 하고 노력하면 잘할 수 있으며, 자기 자신이 목표를 향해, 매일 최선을 다해 반복연습하면 안 되는 일이 없습니다.

집에서는 부모님께 가정교육을 배우며, 존댓말을 쓰고, 착한 행동을 해야 합니다. 예의 바르고 모범적인 아이들은 모두 모범적인 가정에서 부모님에게 잘 배웠기 때문입니다. 학교나 집에서 배우지 않고 스스로 혼자 잘 하는 사람은 없습니다. 사람은 사회적 동물입니다.

건강하고 젊었을 때 부지런히 배워야 훗날 사회가 필요로 하는 훌륭한 사람이 되어 남을 도울 수 있고 좋은 일도 할 수 있습니다.

젊은이가 배짱도 소신도 없다면 쓸모가 없습니다. 자신감을 가지고 능력을 기르고 힘을 기르는데 게을리 하지 않고 열심히 노력을 해야 합니다. 자기계발을 해야 찾아오는 기회를 잡을 수 있습니다.

'비온 후 땅은 더욱 굳어진다.'는 옛말처럼, 좋은 생각으로 좋은 관계를 유지하고, 천차만별의 사람들을 신뢰하는 공감대를 만든다면, '낙타가 바늘구멍을 통과하는 것보다 어렵다.'는 일도 술술 풀리고 해결될 것입니다.

부모님이 돌아가신 후에 후회하지 말고, 지금 현재 할 수 있는 일을 마음속으로만 생각하지 말고, 따뜻한 마음으로 진심을 말하고 행동으로 옮겨야 합니다.

예를 들면, 용돈이 없어 돈을 못 드리면, 어깨를 주물러 드리고 웃는 모습으로 부모님과 이야기를 하고 편안하게 상대해드리면 됩니다.

아무리 돈을 많이 드려도 부모님은 행복하지 않습니다.

무엇보다 마음이 편하고 즐거워야 행복한 것입니다.

사람은 누구나 중요한 시기에 위기와 기회가 옵니다.

시간을 낭비하지 않고 필사적으로 노력하여 행운을 빨리 잡아야 성공하여 삶의 여유를 가지고 남에게 베풀면서 잘 살 수 있습니다.

오늘날은 1분1초 1원을 다투는 speed 시대입니다. 자신의 능력을 기르고 친화력을 길러야 상대방을 설득하고 호감을 얻을 수 있습니다. 체면이나 예의 때문에 돈과 시간을 낭비할 필요는 없습니다.

오늘의 고통과 시련은 내일의 빛나는 인생을 만들어 줍니다. 희망과 용기가 필요합니다. 간절히 원하고 노력하면 이루어집니다.

건강은 성공의 밑거름입니다.

1. 항상 감사하는 마음을 키우세요.

2. 하루에 단 30분이라도 운동을 하세요.

3. 책상의 정리정돈을 잘 하세요.

4. 무리하게 계획을 세우지 마세요.

5. 오늘 최선을 다해 가족을 사랑하세요.

6. 친구들과 항상 친하게 지내세요.

7. 일주일에 하루는 휴식을 하세요.

8. 언제나 재미있는 책을 가지고 다니세요.

9. 좀 더 자주 깔깔깔 재밌게 웃으세요.

10. 자신의 꿈을 소중하게 생각하세요.

인간은 삶의 1/3은 잠으로 보내면서도 죽음을 슬퍼한다.

ㅡ바이런

입학식과 졸업식

세월은 사람을 기다리지 않는다!
(Time and tide waits for no man.)

여러분의 입학入學과 졸업卒業을 정말 진심으로 축하합니다.

부지런히 지知, 덕德, 체体를 연마하여 21세기의 세계世界에서 크게 활약할 수 있도록 노력하십시오. 여러분을 믿습니다.

항상 건강한 몸과 마음으로 생활하고 배우고 익혀서 훗날 책임감 있는 훌륭한 지도자가 되어, 부모님께 효도하고, 국가와 민족, 세계에 공헌할 수 있는 큰 인물이 되어야 합니다.

정도正道를 가기 위해서는 길을 잃었거든 책을 읽어야 되고, 모든 일은 부모님이나 선생님과 상의해야 합니다.

지식정보 시대의 전문가로서 자신의 노력과 인내심으로 일어서고, 항상 부모님과 스승님에게 감사하는 마음으로 자신감과 용기를 가지고 목표를 향해 젊은이답게 힘차게 나아가야 합니다.

미래지향적인 젊은이, 사회가 필요로 하는 젊은이, 21세기를 이끌어갈 젊은이가 되어야 합니다. **항상 몸과 마음이 건강한 사람, 남에게 베풀 줄 아는 사람이 되어야 합니다.**

주변에 라이벌이 없다면 별 볼일 없는 젊은이입니다.

책을 읽지 않고, 목표가 없고 자기가 하고 싶은 일을 찾을 수 없다면, 이미 당신은 100% 성공할 수 없습니다.

좋은 책을 많이 읽고, 목표를 향해 꿈과 희망을 가지고 최선을 다해 노력한다면, 반드시 100% 성공할 것입니다.

청소년들이여, 용기를 가져라Boys be ambition.

꿈은 그냥 이루어지는 것이 아니고 노력해서 이루는 것입니다. 책을 많이 읽고 자신의 마음을 닦을 때 참된 꿈이 실현됩니다.

공부도 때가 있습니다. 초·중·고교에 다닐 때 지금 열심히 공부해서 배워두지 않으면 평생 살면서 후회하게 됩니다.

중국의 진나라 때 유명한 시인인 도연명은 공부하라고 권하는 시에서 "젊은 날은 다시 오지 않는다. 하루에 새벽이 두 번 없듯이 공부도 시기가 있으며, 세월은 사람을 기다리지 않는다."라고 유명한 말을 하였습니다.

젊은이는 따뜻한 마음의 예의바른 사람이 되어야 하고, "할 수 있다."는 용기와 자신감을 가지고 자신을 믿고, 적극적으로 행동하며, 자기 자신을 절대 포기하면 안 됩니다.

자신을 사랑하는 자세로 모든 일을 긍정적으로 생각하고 세상을 보는 눈을 키우면서 폭넓은 인간관계를 유지하고 상대방을 배려할 줄 알아야 합니다. 부모님을 존경하고, 효도해야 합니다.

우리 인생은 매일 변화하기 때문에 힘들 때도 있고 기쁠 때도 있습니다. 하지만 더욱 더 힘 있게 목표를 향해 뛰어야 합니다.

학창시절 힘들게 공부한 것은 훗날 편하게 행복하게 살기 위해서일 것입니다. 인생은 오르막길과 비탈길이 있고 내리막길이나 지름길도 있습니다. 항상 자신감을 가지고 청소년답게 건강하고, 착하게 부지런히 노력해야 발전합니다.

청소년기의 인간관계는 과거와 현재를 넘나들면서 사랑하고, 가난하고 천한 사람의 행실을 하지 말고, 좌절과 슬픔과 분노를 극복하고 일어서야 성공한 인생을 살 수 있습니다.

"아는 것이 힘이다."
자기 자신을 아끼고 사랑하라!

아름다운 희망의 꿈을 향해 도전하라!
자기가 하고 싶은 꿈을 실현하라!

"아는 것이 힘이다." 자기 자신을 아끼고 사랑하라!

1. 열심히 배우고 노력하는 자세가 중요하다.

2. 자신의 꿈과 계획을 가지고 실천해야 한다.

3. 자신의 힘인 지식과 지혜를 기른다.

4. 착하고 건강한 좋은 사람이 되자.

5. 자신있게 행동하는 적극성을 기른다.

6. 끈기있는 집중력을 기른다.

7. 분별력과 판단력을 기른다.

8. 겸손하고 부지런한 사람이 되어야 한다.

9. 오늘 할 일을 내일로 미루지 마라.

10. 항상 남을 배려하는 착한사람이 되자.

어느 날 이웃집 사람이 소크라테스에게 다가와서 저 사람이 당신을 비난한다면서 고자질을 하자 소크라테스는 다음과 같이 말했다.

1   소 : 당신이 들은 이야기를 사실 확인했습니까?
    이 : 아니오

2   소 : 당신의 말이 나에게 좋은 일입니까?
    이 : 아니오

3   소 : 당신이 그 말을 나에게 꼭 이야기 할 필요가 있습니까?
    이 : 아니오

4   소 : 그럼 말하지 말고 그냥 가세요.

뜬소문으로 사람의 잘못을 논하지 말라!

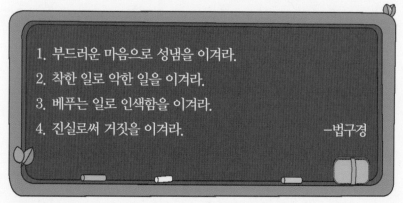

1. 부드러운 마음으로 성냄을 이겨라.
2. 착한 일로 악한 일을 이겨라.
3. 베푸는 일로 인색함을 이겨라.
4. 진실로써 거짓을 이겨라.   -법구경

공부는 선택이 중요합니다.
'1등과 꼴찌는 종이 한 장 차이인가?'
'하늘과 땅의 차이인가?'

젊은이라면, 어떤 경우든 포기하지 않고 목표를 향해 도전하면서, 지금의 시련을 극복하고 미래를 설계해야 합니다.

지금 이 순간의 선택이 3년, 5년 후의 자신의 삶을 결정합니다.

지금, 오늘 최선을 다하지 않고 게으름 피우면, 평생 동안 후회해도 다시 기회는 오지 않습니다. 찬스는 기다려 주지 않습니다.

부모님과 선생님에게 자신의 장래 문제를 의논한 후에 결정해야 하며, 사소한 주변 일에는 신경 쓰지 말고, 자신의 미래의 직업, 자신의 목표를 향해 노력하고, 자신의 취미, 장점을 살려서 즐겁게 하고 싶은 일을 하면 성공할 수 있습니다.

어느 날 빵장수와 버터가게의 싸움이 일어났습니다.

'빵이 작다 아니야 버터 양이 적다.'라고 서로 싸웁니다.

상대의 입장을 생각하며 행동해야 합니다.

상대방을 배려하는 것이 중요합니다.

마음의 진실이 확신되어야 합니다.

인간관계에서 오바마 대통령처럼 상대방에게 내가 먼저 사과하고, 베풀어야 상대도 나를 이해하고, 귀중하게 생각합니다.

초·중·고교 시절에는 공부도 열심히 하고, 친구들과 재미있게 놀면서 자신의 꿈을 키워나가는 시기입니다. 학창시절은 재미있고 즐겁습니다.

자신이 가장 좋아하는 일, 가장 하고 싶은 일을 생각하면서 준비해야 합니다.

물론, 그림도 그리고, 피아노도 치고, 운동도 하고, 국어, 수학, 영어, 과학, 사회, 음악, 미술, 체육 등의 학교 수업을 열심히 하면서 재미있고 한번 해보고 싶은 일을 "자신의 꿈"으로, "자신의 목표"로 결정해서 열심히 노력하면 반드시 이루어집니다.

선생님이 되고 싶은가, 대통령이 되고 싶은가, 운동선수가 되고 싶은가, 예술가가 되고 싶은가, 자신이 가장 좋아하고 잘할 수 있는 일을 꿈의 목표로 정해서 꾸준히 노력하면 꿈을 이룰 수 있으며 멋있게 잘 살 수 있습니다. 좋지 않은 학교 성적에 너무 놀라 포기하지 말고, 할 수 있는 데까지 노력하시길 바랍니다.

나폴레옹이나 처칠도 학창 시절에 성적이 좋지 않았지만 자기가 하고 싶은 일에는 열심히 하여 성공하였습니다.

청소년 시절에는 마음껏 뛰어놀면서 개성과 적성을 찾는 것이 제일 중요합니다. 규칙적이고 책임있는 생활을 해야지 거짓말을 하고 게으름을 피워서는 아무일도 되지 않습니다.

자신의 실수에 대해 거짓핑계만 대지 말고, 정직하게 책임을 지는 습관을 길러야 좋은 지도자가 될 수 있습니다.

친구들과 사이좋게 지내고 사회생활도 폭넓게 하시길 바랍니다. 부모님도 도와드리고, 공부도 중요하지만 가족들과 대화하고 서로 돕고 이해하고 사랑해야 가정에 행복의 꽃이 피고, 행운이 찾아옵니다.

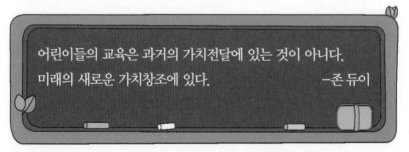

어린이들의 교육은 과거의 가치전달에 있는 것이 아니다. 미래의 새로운 가치창조에 있다.　　　　　－존 듀이

초·중·고교 시절에는 남녀가 호기심에 얼굴이 붉어지고 가슴이 뛰기도 하여 장난스러운 러브레터를 쓰기도 합니다.

중, 고교생은 사춘기(13~18세)에 접어들어 갑자기 여드름이 생기고 털이 나며 가슴이 볼록해지고, 성기가 발달하면서 불필요한 자위행위를 하고, 고민하고 시간을 낭비하고 공부를 안 하며 방황하다가 훗날 크게 후회하는 사람도 있습니다.

몸도 마음도 어른이 되어가는 과정으로 자연스럽고 자랑스러운 현상인데 뭐든지 지나치게 고민하면 병이 되는 것입니다.

사춘기가 빠른 사람은 초등학교 5, 6학년이지만, 늦어도 중학교 1, 2학년 때에 목소리가 변하고 생리적인 변화가 건강한 사람에게는 모두 자연적으로 일어나는 것이므로 놀랄 일도 아니고, 무섭거나 더러운 것도 아닙니다.

불안하고 초조한 사춘기는 6개월~1년이면 자연히 지나갑니다.

사춘기 때부터는 남녀가 성기를 합하여 성교를 하면, 아기가 생기므로 남녀가 함부로 같이 잠을 자면서 변태처럼 몸을 만지고 흥분하여 교섭하면 절대 안 됩니다.

결혼하기 전까지는 자신의 몸을 소중하게 간직하지 않으면, 결혼 후 상대방에게 과거를 의심받고, 평

생 무시당하면서 대접을 잘 받지 못하여 후회하게 됩니다.

초등학교 6학년이나 중학교 1~2학년인 12~13세 전후에 우리 몸속에서 자연적으로 남자는 정자호르몬이, 여자는 난자호르몬이 만들어져서 자연히 밖으로 배출하게 되어 있습니다.

건강한 남자는 꿈 속의 몽정이나 자위행위를 안해도 매월 1회 정도 정자를 소변으로 배출하는데 1회에 10억 개 정도라고 합니다. 건강한 여자는 매월 1회 주기적으로 월경이라는 생리가 나온 후, 10일이 지나면 난자를 1개 생성하는데, 이 배란기에 남녀가 성교로 맺으면 정자와 난자가 만나게 되어, 약 270일 동안에 완전한 태아의 모습을 갖추게 됩니다. 〈Why? 사춘기와 성〉을 읽어보세요.

부모님은 애들에게 목욕탕에서 남자와 여자의 차이점을 설명해주고, 자신의 몸을 소중히 하고 변태 같은 나쁜 습관을 절대 하지 말라고 가르쳐 줘야 합니다. 중, 고교의 교과서에서도 많이 배울 수 있습니다.

남자와 여자는 몸의 구조가 다르고, 성격에도 차이가 있으며, 13세 전후에 성인이 되어가면서 생리적인 현상인 정자와 난자가 생성되고 성인이 됩니다.

남자와 여자는 청소년이 되면 이성에 대해 눈뜨고 가슴과 엉덩이가 커지고 털과 수염이 나고 생리를 하는 등, 몸에 여러 가지 호르몬의 변화가 올 때 남녀의 만남을 주의해야합니다.

어른이 되어가는 아름답고 자연스런 변화의 과정이니, 조금도 걱정할 필요는 없지만, 아프고 이상하면, 부모님과 선생님께 궁금한 것을 물어보고 병원에 가 해결하는 것이 좋습니다.

남녀 간에는 거리를 두고 일상생활 속에서 주의하며 부모로부터 받은 몸을 소중히 하면서 자기 자신이 건강을 지켜야 합니다.

공부도 열심히 해서 대학을 졸업하고 취직을 한 후, 직장에 다니면서 사랑하는 사람을 만나고 사귀다가 30세 정도에 결혼을 하여, 아이를 낳아 기르면서 100세까지 즐겁게 사는 것이 인생입니다.

우리 인간은 10억 대 1의 경쟁으로 태어난 위대한 '만물萬物의 영장靈長'이므로, 다른 동물과 다르게 남을 위해 배려하기도 하고, 약한 사람을 도와주고 사랑해야 합니다.

사춘기에 신체변화나 정서적으로 어려운 일은 부모님과 상의하고 친구처럼 대화하면서 올바르게 성장해야 합니다.

〈나의 라임 오렌지 나무〉, 〈인체〉, 〈사춘기와 성〉 같은 성교육에 관한 책을 읽어보면 좋습니다. 사람은 누구나 성장하면서 고민거리가 많이 생기지만, 모두 시간이 지나면 자연히 해결됩니다.

공부문제, 친구문제, 이성문제, 건강문제....... 모든 고민을 부모님과 선생님에게 솔직하게 이야기하는 습관을 길러서, 사춘기의 모든 고민을 이야기로 해결해야 합니다. 요즘은 컴퓨터를 이용하여 모든 정보를 알 수 있으니 참고하시길 바랍니다.

그러나, 청소년기와 사춘기는 부모님과 선생님 말씀을 안 듣고 나쁜 길로 빠지기 쉬운 시기이므로 나쁜 친구들과 어울리지 않아야 합니다. 일부 청소년들은 초·중·고교 시절에 술마시고 담배피고 남녀가 어울리며 노는데 시간을 낭비하여 성인이 되어 후회하지만 그땐 이미 늦습니다. 세월은 빠르게 지나가 버리기 때문입니다.

초·중·고·대학의 학창시절에는 공부해야 하지만, 어쩌다 남녀친구를 사귀게 되면, 반드시 어느 정도는 충분한 거리를 두고 항상 주의하고, 자기 할 일을 열심히 하면서 적당히 친하게 지내는 것이 무엇보다 중요합니다. 뉴스를 보면, 중, 고교생의 집단 폭행과 성추행, 성폭행, 살인 등이 너무 많아서 무섭습니다.

세상은 정말 무섭습니다. 나쁜 사람이 너무 많습니다.

성희롱, 성노출, 가출의 충격을 받지 않도록 주의해야 합니다.

친구, 친척, 동료 등 주변의 남자들이 성폭행하는 경우가 제일 많다는 통계처럼 힘이 약한 여자들은 항상 주의하고 조심해야 합니다.

천만불 짜리의 몸과 마음을 자기 자신이 가장 소중히 생각하고 잘 간직해야 합니다.

초·중·고·대학의 학창 시절에는 연애보다 공부에 최선을 다해서 좋은 직장을 얻은 후에, 건강하고 좋은 사람을 찾아서 1년 정도 사귀어 보고, 결혼하여 사랑하고 사는 것이 행복입니다.

1020대는 꿈을 먹고 사는 시절로 자신의 꿈의 크기만큼 자신의 세상도 점점 커져서 노력한 만큼 꿈이 크게 이루어지는 것입니다.

간절히 원하고 도전하면 됩니다.

10대 초등학교 5, 6학년 때에 반항심이 생겨서 사사건건 반항하고 어긋나게 행동하려 하고, 어려운 공부로 인해 더욱 힘들어 하므로 부모는 자녀를 따뜻하게 타이르고 지도해야 합니다.

사춘기는 중학교 3학년에서 고등학교 1학년 때 가장 심하여, 부모로부터 독립하여 자립하고자 가출을 하기도 합니다.

1318 사춘기에는 어려서 인내심에 한계가 있고, 의지력이 약하기 때문에 참기 힘들지만, "할 수 있다"는 자신감으로 극복해야 합니다.

1318 학창시절의 사춘기를 부모들은 열린 마음으로 따뜻하게 대화하고 설득하여야 하며, 가정의 즐거움은 힘이 되지만, 젊음의 꿈과 희망을 펼칠 수 있도록 자신 스스로 마음을 잡아야 합니다.

너무나 사소한 일에 끙끙대지 말고 항상 부모님과 상의하고, "시대가 나를 부른다.", "나도 할 수 있다."라는 마음으로, 내일의 목표를 향해 부지런히 노력해야 합니다.

좋은 습관이 좋은 사람을 만듭니다.

1020 청소년기에는 진정한 자신의 존재를 발견하고 긍정적이고 적극적으로 목표를 향해 도전할 때로, 삶의 고통인 외로움이나 이성의 그리움이나, 안일한 생각 같은 사춘기의 모든 고민을 잊게 됩니다.

　어려움을 참고 일어서야 성공할 수 있습니다.

　정말로 멋진 사람이 되고 싶다면, 힘들어도 포기하지 않고, 열심히 노력하여 친절하고 너그러운 사람이 되어야 합니다.

　"힘들고 어렵더라도 참고 견디면서 꿈을 향해 일어서야 됩니다."

　자신을 믿고 자신의 길을 확신하면서 오만보다는 자신감을 가지고 부모 형제, 친구들과 사이좋게 지내며 앞으로 전진해야 합니다.

　부모는 자식의 단점보다는 장점을 인정하고 칭찬하면서 격려해주고 사랑으로 이해해주고 감싸주어야 자녀들이 어려움을 극복하고 꿈과 목표를 향해 나아갈 수 있습니다.

　항상 대화하고 칭찬받으면서 대자연에서 성장하고, 운동을 통해 스트레스를 해소하면 몸과 마음이 건강해져, 여유롭고 남을 배려하는 생각도 들게 됩니다.

　적극적인 사람에게는 실패도 전진의 힘이 되고, 공부를 잘하고 적극적으로 끈기 있게 노력하는 사람은 가고 싶은 대학에 가서 미래에 꿈을 이루고 훗날 큰 인물이 될 수 있습니다.

"공부도 때가 있습니다." 공부해야 할 시기인 학창시절에 이성친구와 사귀고 몇몇 친구들은 공부 안 하고 놀다가 훗날 울면서 크게 후회하지만 이미 그 때는 늦습니다.

버스가 지나간 후에 손들고 있는 불쌍한 꼴입니다.

옳고 그름의 판단능력이 부족한 극소수의 청소년들만이 게임중독, 음란, 불법사이트에서 불건전한 유혹에 빠져서 헤매지만, 청소년 시절에 인생을 망치지 않도록 주의하고 정신을 똑바로 차려야 합니다.

정신차려 공부하면 두 배의 효과가 납니다.

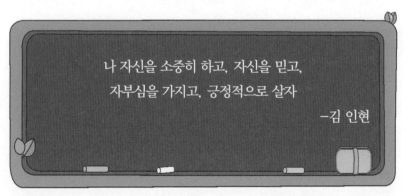

나 자신을 소중히 하고, 자신을 믿고,
자부심을 가지고, 긍정적으로 살자

-김 인현

하인즈 워드는 미국프로 미식축구(NFL) 피츠버그 스틸러스에서 활약 중인 한국계 스타입니다.

무릎 부상을 이기고 경기를 뛰어 2006년에 이어 2번째로 슈퍼볼 정상의 최우수 선수(MVP)로 뽑혀 감격의 눈물을 흘렸습니다.

겸손하고 강인한 하인즈 워드는 "내 자신에 대해 한 순간도 의심하지 않았고 절대 포기하지 않았다."고 말했습니다.

서울의 동두천에서 살았던 워드의 어머니는 주한미군인 워드 씨를 만나 결혼하여 하인즈 워드를 낳았습니다. 하인즈가 두 살이 되던 해에 미국으로 건너갔으나 1년 후 이혼으로 인해 남편과 헤어지면서 어머니와 하인즈의 시련은 시작됐다고 합니다.

고통과 눈물로 지새운 오랜 세월, 영어도 못하고 아는 사람도 없는 미국 땅에서 가난으로 죽고 싶은 마음도 한두 번이 아니었지만, 그때마다 서로에게 의지하며 눈물로 살아 왔답니다.

특히, 하인즈는 혼혈아라는 숙명을 짊어진 채 어린 마음에 멍이 깊어 갔고, 사춘기와 반항기인 초·중학교 시절에는 피부색이 다른 어머니를 거부하고 싶었습니다.

"하루는 엄마가 학교에 오셨는데, 나는 책상 아래만 보고 있었어요. 창피해서 불러도 대답도 않고 도망갔습니다."고 말합니다.

하인즈는 커가면서 어머니가 오로지 자신을 위해 살고 있다는 사실을 깨닫고 결심을 했습니다. 1분 1초를 아끼고 전심전력全心全力으로 공부하면서 피땀나게 운동해 MVP가 되었습니다.

어머니는 새벽 4시에 일어나 낮에는 식당 종업원과 호텔 청소부로, 밤에는 편의점 점원으로 하루에 16시간씩 일하며 눈물로 하인즈의 뒷바라지에 최선을 다했습니다.

'항상 겸손하고 열심히 공부해라!' 어머니의 끊임없는 채찍질 덕분에 하인즈는 체육특기생이면서도 고교 졸업성적이 평균 86점을 넘어 주위를 깜짝 놀라게 했습니다.

"엄마를 보면 제가 더 열심히 해야겠다는 동기가 생겼어요. 자신의 일생을 희생해서 저에게 그만큼 해주셨기 때문입니다."라고 말합니다.

고교 졸업과 동시에 전국 명문대학에서 스카우트 제의가 들어왔지만, 하인즈 워드는 어머니와 가까이 살고 싶어서 집 근방의 조지아 대학을 선택했답니다.

꿈에 그리던 프로무대에 진출해서도 하인즈가 제일 먼저 한 일은 자기 자신을 위해서는 제대로 옷 한 벌 사 입지 못한 어머니에게 옷을 사드리는 일이었습니다.

"어머니는 나의 전부입니다. 어머니께 슈퍼볼 챔피언 반지를 바칩니다." 이역만리異域萬里 타국 땅에서 아들 하나를 키우기 위해 30년을 사랑과 헌신으로 살아 온 멋진 어머니입니다.

하인즈의 어머니처럼 사랑은 희생입니다. 어머니가 아들을 위해 희생한 것처럼, 하인즈도 어머니와 팀을 위해 항상 즐겁게 최선을 다해 뛰고 희생한 것이 오늘의 성공을 이루어 냈습니다.

"사람은 자기이익만 생각하는 이기적인 자가 되면 안 됩니다."

가난과 차별을 이겨내고 미국 땅에서 슈퍼스타가 된 혼혈아들을 키워낸 평범하면서도 위대한 어머니의 사랑의 희생정신과 하인즈의 효도와 성실이 한국인과 미국인들의 마음을 울립니다.

오랜 세월을 어렵게 눈물로 살아온 성실하고 착한 하인즈 워드는 지금 어려운 고아들을 도우며 좋은 일을 많이 하고 있습니다. 박수를 보냅니다.

사춘기를 어떻게 보낼 것인가

중, 고등학생이 되면, 사춘기가 되어 반항하고, 간섭 받기를 싫어하고 짜증냅니다. 항의하면서 공부도 하지 않는 반항정신을 극복하고 힘과 용기를 얻고 희망과 목표를 가지고 일어서야 하는 가장 중요한 시기입니다.

'시간은 돈이다'라는 말처럼, 젊은 10대에는 무한대의 시간과 젊음의 힘을 가지고 있으니, speed로 노력하면 안 되는 일이 없습니다.

이미 늦었다고 포기 할 때가 아니며, 지금 시작해야 합니다.

'늦었다고 생각 했을 때가 가장 빠르다'는 옛말처럼, 현실에 충실하고, 지금 현재의 시간을 잘 활용하면 성공할 수 있습니다.

보통 사람들은 하루가 24시간이지만, 성공한 사람들은 하루가 48시간, 72시간, 100시간입니다.

시간을 정복하고 잘 이용하는 성공하는 사람은 사춘기도 가난도 실패도 모르고 여유 있게 살아갑니다. 실연, 실패, 슬픔, 괴로움 등을 견디고 일어서면, 사랑, 성공, 기쁨, 즐거움이 찾아옵니다.

꾸준히 노력하면 누구나 인간답게 행복하게 잘 살 수 있습니다.

젊음의 힘과 용기로 웃으면서 마음의 여유로 생활합시다.

10대에는 내일을 걱정하지 말고 오늘, 지금 즐거운 마음으로 뛰어야 합니다!

10대의 사춘기에는 풋내기 사랑과 같은 것은 삼가하고, 내일의 큰 뜻을 위해 꾹 참고 자신의 목표를 향해 앞으로 나아가야 큰 뜻을 이룰 수 있습니다. **젊은이들이여! 10대 청춘은 아름답습니다.**

누구나 시간은 24시간이고 기회는 옵니다. 꾸준히 참고 노력하는 사람은 좋은 결과를 얻게 된다는 사실을 알아야 합니다.

그러나, 학창시절을 무의미하게 보내면 후회해도 이미 때는 늦습니다. 인생을 절대로 절망하거나 포기해서는 안 됩니다.

젊은 시절에는 슬픔과 노여움을 정말 참기 힘들지만, 10대는 고독과 절망, 희망사이에서 갈등하면서 일어서는 시기이자 마음속에 품은 뜻을 이루기 위해 노력하는 시기이므로 책과 매일 싸우고 씨름해야 살아남을 수 있습니다.

바보처럼 가출, 자살까지 생각하는 사람도 있지만, 힘들고 열악한 가정환경에서 아픔과 눈물겨운 열등감과 외로움 속에서 10대에 세상의 사랑과 증오, 시기와 질투를 경험한 그대여! 일어서십시요!

배반당해도, 방황하거나 포기하지 말고 용서하고 다시 일어나 사랑하고 성공할 수 있으니 젊음과 청춘이 정말 아름다운 것입니다. 오늘 지금 해매는 젊은이들이 다 길을 잃는 것은 아닙니다.

보통 7~8세에 초등학교에, 13~14세에 중학교에, 16~18세에 고등학교에, 19~20세에 대학교에 진학합니다.

청소년기는 10세부터 24세까지 입니다.

철없는 10대를 사춘기와 반항기라 하여, 13~15세에 부모 곁을 떠나 자신의 방에서 혼자 생각하고 결정하고 행동하려는 고독한 자립심이 생깁니다.

목소리가 변성기로 변하고, 가슴이 커지면서 자연스럽게 몸이 변화합니다. 얼굴에는 여드름이 생기고, 남자는 고환에서 정자가 만들어져 오줌으로 자동 배출되지만, 여자는 자궁에서 난자가 만들어져 매월 1회 월경을 통해 배출됩니다.

이 시기에 남녀가 성관계를 맺으면 아이가 생기게 됩니다.

그래서 사춘기 때부터는 남녀가 서로 깊은 관계를 하지 않고 조심해야 하고, 훗날 대학을 졸업하고 몸과 마음이 좀 더 성숙하고 사고 능력을 갖춘 후에 취직하여 자신의 직업을 가지고 자립 한 뒤, 결혼을 하여 아이를 낳고 행복하게 사는 것이 우리들의 이상적 인생 입니다.

특히, 13~15세의 사춘기와 반항기를 슬기롭게 잘 보내는 사람들이 대부분이지만, 일부는 부모에게 대들고 반항하고, 싸우고 집을 나가는 가출과 자살을 생각하는 아이들도 있어 문제입니다.

사춘기와 반항기에 부모와 대화가 되지 않는 아이는 공부도 안 하고 학교도 안 다녀서 불량청소년이 되는 경우가 많으니 주의해야 합니다.

보통 청소년들은 너무 가난하고 부모가 무능하고 병들어도, 부모님의 말씀을 잘 듣고 효도하고 공부도 열심히 하여 성공합니다.

그러나, 어떤 청소년들은 환경도 좋아서 잘 먹고 잘 살고 편안한 집인데도 아이들이 사춘기에 부모님의 말씀을 잘 안 듣고 거짓말하고, 바보처럼 말썽 피우고, 공부 안하며 나쁜 사람으로 변하기도 합니다.

13~15세의 반항시기에 부모는 아이에게 사랑과 격려로 대화하고 포용해야 합니다. 함께 어울리고, 놀아주고, 가르쳐주고 아이를 믿고 대화하고 칭찬해야 하고, 옷을 사고, 책을 살 때도 아이와 상의해서 기분을 좋게 하고 가족을 소중히 하는 것을 가르쳐야 합니다.

아무리 힘들어도 행복하다고 생각하면서 즐겁게 생활하고 살아가는 인생의 삶과 "세 살 버릇이 여든까지 간다."는 사실을 깨달아야 합니다.

나폴레온 힐이 "습관은 사람을 성공시킬 수도 있고, 파멸시킬 수도 있다."고 말했듯이, 사람의 습관이 그 사람의 인생을 결정합니다.

항상 웃으면서 재미있게 생활하고, 남에게 무시당하지도 말고 자기를 방어하고 보호하는 긍정적인 습관을 가져야 합니다.

아무리 어려운 환경이나 힘든 일이 있어도 절대 포기 하지 말고 스티븐 호킹 박사처럼 손발을 못 움직여도 웃으면서 살아가야 합니다.

잘못 했을 때는 용기 있게 '미안하다.'고 사과할 줄 알아야 용서받을 수 있습니다.

청소년 시절에 신체적으로 발달할 때 부모님과 선생님께 배우고, 정신적으로 성숙하여, 학교생활에 충실하고 이성에 대한 올바른 생각과 행동을 해야 합니다. 스스로 자신의 행동에 책임지고 이성교제는 대학시절에 하고, 초·중·고 시절에는 공부와 취미활동으로 폭 넓은 친구들과 사귀면서 우정을 쌓아야 하며, 위험은 언제 어디에나 있으니 침착하게 자기 자신을 보호해야 합니다.

좋은 사람이 되는 방법은 양심적으로 행동하고, 잘못을 반복하지 않는 것입니다.

누구나 칭찬을 받으면 의욕의 힘이 샘솟듯이, NO보다는 Yes를 외치면서 자신의 할 일을 찾아서 최선을 다하면 칭찬을 받을 수 있습니다.

10대의 꿈과 희망을 가지고 자신의 적성과 취미를 살려서 부지런히 공부하는 용기가 필요할 때입니다.

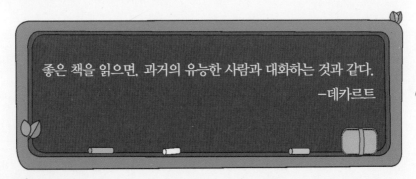

좋은 책을 읽으면, 과거의 유능한 사람과 대화하는 것과 같다.
—데카르트

청소년들에게

1. 독서하는 습관은 학습동기와 호기심을 유발시키고 창의력과 집중력을 기르는데 필수 조건입니다.

   즉, 도서관에서 재미있는 책을 많이 읽는 습관이 중요한 것은 응용력과 상상력, 창의력이 생기기 때문입니다.

2. 청소년답게 커라! 너무 값비싼 옷이나 비싼 신발 등으로 거만하게 크면, 공주병, 왕자병에 걸리기 쉽습니다.

   특히, 초·중학교 시절에 이성친구는 사귀지 말고, 대학에 가서 자신에 맞는 멋있고 능력있는 상대를 찾아야 합니다. 학창시절에는 이성친구보다 여러 명의 친구를 만나서 같이 대화하고 공부하면서 자연스럽게 대해야 합니다.

   이성친구 때문에 신경 쓰고 고민하다가 공부를 못하여 대학도 못가고 후회하는 바보가 된 사람도 많습니다.

3. 태권도 같은 운동을 배우면 활발하고 명랑해서 따돌림을 받지 않지만, 청소년들은 장난이 심해서 가끔 다투고 싸우기도 하므로, 친구들과 싸우지 말고 잘 어울려야 합니다.

4. 맑은 눈동자의 호기심 많은 초·중학교 시절에는 자연학습을 많이 할수록 체험이 아름다운 추억이 되고, 대자연과 어울리는 좋은 경험이 세상을 살아가는데 큰 힘이 됩니다.

5. 예의범절을 지켜야 하고, 친구들에게 왕따를 당하더라도 싸우지 말고 부모님과 선생님께 도움을 요청하고, 자기 할 일을 할 수 있는 사람이 커서 좋은 사람이 됩니다.

6. 부모님께 아이스크림에서 만화, 책, 군것질, 장난감, 게임기, 핸드폰까지 모두 다 사달라고 떼쓰지 말고, 절약과 절제를 할 줄 알아야 하며 자기이익만 주장하는 이기주의자가 되어서는 안 됩니다.

7. 오락게임에 중독되는 나쁜 버릇은 빨리 고쳐야 가고 싶은 대학에 갈 수 있습니다.

게임은 조금하고, 책을 많이 읽고, 공부를 열심히 하고, TV는 조금만 보고, 운동을 많이 해야 건강하고 좋은 습관이 형성됩니다. 텔레비전이나 오락게임에 중독되면, 아이들이 수동적이고 산만해지기 쉽고 창의력과 집중력이 떨어져 포기하게 됩니다.

8. 반드시 원칙을 세우고 약속을 지키는 좋은 습관을 길러야 꿈이 이루어 집니다.

거짓말 같은 나쁜 습관은 버리고, 진실하고 근면한 좋은 습관으로 바르게 행동하고 실천해야 좋은 사람이 되고, 자신의 뜻을 이룰 수 있습니다.

9. "세 살 버릇 여든까지 간다."는 말처럼, 어렸을 때의 좋은 습관이 제일 중요합니다.

부지런하고 착한 행동을 배우고, 겸손하고 건전한 성품으로 아름다운 생각을 가진 착하고 똑똑한 사람이 되도록 노력합시다.

10. "아는 것이 힘이다." 시간을 최대한 즐겁게 이용하세요.

"귀여운 아이일수록 여행을 시켜라."는 옛말처럼 학창 시절에 방학을 이용하여 좋은 추억을 만들어야 합니다.

즉, 여행도 하고 책도 많이 읽어야 큰 힘이 생깁니다.

기차여행, 풀장, 동물원, 고궁, 음악회, 미술관, 박물관, 등산, 해수욕장, 여행을 하면서, 많이 보고, 듣고, 배워야 합니다.

어른에게 드리는 글

자녀에게 공부시키는 방법은 칭찬과 격려, 희망과 꿈을 심어주는 것입니다.

1. 어린이를 내려다보지 마시고 올려다 보세요.

2. 어린이를 가까이하여 자주 이야기를 나누세오.

3. 어린이에게 존댓말을 쓰시되 늘 부드럽게 대해 주세요.

4. 이발이나 목욕, 의복 같은 것을 때맞춰 하도록 해 주세요.

5. 잠자는 것과 운동하는 것을 충분히 하게 해 주세요.

6. 산보와 소풍을 가끔 시켜 주세요.

7. 어린이를 책망하실 때는 성만 내지 마시고 자세히 타일러 주세요.

8. 어린이들이 서로 모여 즐겁게 놀 만한 놀이터와 기관 같은 것을 지어 주세요.

소파 방정환

어린이들에게

1. 뜨는 해와 지는 해를 반드시 보기로 합시다.

2. 어른들에게는 물론이고, 여러분들끼리도 서로 존경하고 존대하기로 합시다.

3. 변소나 담벽에 낙서를 하지 맙시다.

4. 길가에서 떼를 지어 놀거나, 유리 같은 것을 버리지 맙시다.

5. 꽃이나 풀을 꺾지 말고 동물을 사랑하기로 합시다.

6. 전차나 기차에서는 어른에게 자리를 양보합시다.

7. 함부로 말하지 말고 몸을 똑바로 가지기로 합시다.

자신감을 가지고 스스로 사랑하고 믿고 뛰어보세요!

매일 아침 10분씩만 책을 소리 내어 읽으면 새로운 것을 알게 되어 공부도 잘하게 되고, 생각이 풍부해지고 머리가 좋아집니다. 하지만 책을 안 읽는 게으른 사람은 가난하고 어리석은 바보가 됩니다.

전래동화, 소설책, 천자문千字文, 한자漢字 공부......
한자를 못 읽고 못 쓰면 무식한 바보가 되고, 한자를 알면 국어공부, 수학공부, 영어공부, 과학공부, 사회공부 등을 잘할 수 있습니다.
100곳의 사립초등학교에서는 영어, 일본어, 중국어, 한자까지 공부시키고 있습니다.
새로운 것에 흥미를 가지고 도전하는 사람은 반드시 새로운 것을 창조할 수 있는 힘이 생깁니다.

사람은 혼자서는 살아갈 수 없고 서로 도우면서 주변 사람들과 어울리면서 더불어 살아가는 세상입니다.
위인들의 명언이나 책을 읽고 감명 받고 느낀 점을 메모하고 암기하는 좋은 습관을 길러야 똑똑해 지며, 유능한 리더가 될 수 있습니다.

10대 들에게

10대, 젊은이답게 꿈과 희망을 가지고 목표를 향해 뛰어라.

10대, 가장 아름답고, 건강한 시기이면서도 가장 힘든 때이다.

10대, 청춘시절에 열정을 가지고 하고 싶은 일에 도전하라.

10대, 젊은이가 좌절하거나 열등감을 가지고 살아가서는 안 된다.

10대, 청춘시절의 성공과 실패는 인생살이에 커다란 경험이 된다.

10대, 부지런히 준비해야 좋은 기회가 왔을 때 잡을 수 있다.

10대, 노력하면 20대에 성공하여 30대에 편안하고, 행복하다.

10대, 불안하고 여유가 없지만, 미래를 위해 젊은이답게 뛰어라.

10대, 공부때문에 힘들지만, 청춘시대를 잘 보내라.

10대, 너무 힘들지만, 젊음으로 시련을 견디면서 힘을 길러라.

10대, 작심삼일의 각오만 하지 말고 지금 바로 실천하라.

초등학교 고학년과 중학생이 되면, 삐딱해지고 마음이 흔들리기 시작하다가 고등학생이 되면 대부분 정신을 차립니다.

모든 어린이들에게 꿈과 희망을 주는 좋은 책을 꼭 많이 읽어야 스스로 생각하고 행동을 할 수 있습니다.

박경리의 희망과 용기, 삶과 죽음에 관한 〈청소년 토지〉, 〈동화 토지〉, 가족애를 노래한 팀 보울러의 〈리버보이〉, 이지성의 〈꿈구는 다락방〉 등을 읽으면서 어떻게 해야 세상에서 일류 리더가 될 수 있을까 생각해 봅시다. 리더십이 있는 사람이 새로운 도전을 잘 하고, 목표 달성의 능력도 탁월하므로 자율중학교나 과학고등학교 등의 입시면접에서 리더십과 개성이 있는 사람을 요구하고 있습니다.

'세 살 버릇 여든 간다.'는 속담처럼 현대를 살아가면서 꼭 갖춰야 할 인성과 덕목, 지도력과 배려심, 독서하는 좋은 습관은 인생을 살아가는 데 든든한 힘이 됩니다.

시를 감상하고, 시를 짓고, 일기를 쓰고, 책을 읽고, 독후감을 쓰면서 배우고 익혀서 글쓰기와 말하기 등의 능력을 부지런히 길러야 훌륭한 사람이 될 수 있습니다. 책은 친구이자 스승입니다.

10대들의 반항심을 극복하고 가출하고 싶은 불만을 참고 견디고 극복하여 게으름뱅이를 탈출하고, 남보다 한발 앞서기 위해서는 지금 오늘의 예의바른 마음가짐과 노력, 건강이 필요합니다.

1년 후, 3년 후, 5년 후, 10년 후......

나의 모습은 어떠하고, 나의 직업은 무엇이고, 나의 인생은 어떠한 지 자신의 미래를 상상하면서 성실하게 열심히 행동해야 합니다.

주입식 교육보다 창의력이나 상상력을 길러야 합니다.

요즘 중, 고등학생 중에는 수업시간에 떠들고, 수업 끝나면 pc방에 가서 놀고, 컴퓨터에 중독되고, 돈을 매일 까먹고 친구들과 싸우는 잘못된 학생들이 있어서 걱정입니다.

학교생활기록부가 대학입시에서 당락을 좌우하는 것으로, 학창시절 자신의 모습을 보여줍니다.

좋은 책을 많이 읽으면 기분이 즐겁고, 마음이 든든하고 자신감과 힘이 생깁니다. 책은 우리에게 지식과 힘을 줍니다.

좋은 친구와 어울리면, 좋은 지혜와 용기가 생기고, 좋은 사람이 됩니다. 중, 고등학생은 대학 진학 문제로 힘들지만, 좋은 책을 많이 읽어야 능력있는 아름다운 사람이 될 수 있습니다.

학창시절에 박원희의 〈공부 9단 오기 10단〉과 토드 홉킨스, 레이 할버트의 〈청소년 밥〉, 장승수의 〈공부가 가장 쉬웠어요〉라는 책을 읽으면 큰 도움이 됩니다.

요즘 중, 고등학생들이 스스로 끈기 있게 노력하지 않고, 학원에만 의지하고, 노력을 게을리하며 공부에 싫증을 자주내고 게임이나 하고, TV만 보면서 거짓 변명을 하고 있어 참으로 한심스럽고 걱정됩니다.

'영재의 80%는 노력하는 연습벌레들이다.'라는 말처럼, 노력하면 천재가 되고 진정한 힘과 지식이 쌓여서 뭐든지 성공할 수 있습니다.

면접에서는 학교생활기록부와 중간, 기말고사의 관리가 가장 중요하며, 중, 고등학교 때는 독서를 많이 하고, 공부하는 습관을 길러야 사고력思考力과 창의력創意力이 키워지고 공부가 즐겁고 재미가 있습니다.

그러나, 가족관계, 연애문제, 건강문제, 공부문제, 몸매의 콤플렉스 등은 모두 날려버리고 항상 웃는 모습으로 어려움을 참고 견디면서 포기하지 않고 씩씩하게 미래를 준비하면서 성장하는 중, 고등학생의 청소년 시절이 아름답습니다.

흔들리는 중, 고등학생들보다 젊은 청춘시절에는 현실의 벽에 부딪히면서 방황하지 않고, 순수함을 잃지 않기 위해 뜨거운 희망으로 역경 속에서도 꿈을 향해 일어서는 가슴 뜨거운 청춘을 노래하면서 참고 일어서는 젊은이도 많습니다.

고교 평준화로 공부 잘하는 중학생들에게 외국어 고등학교가 인기이지만, 외고는 중학교의 영어성적과 자기 소개서, 면접 등으로 합격됩니다.

자기소개서, 지원동기와 봉사체험 활동, 학교생활기록부, 독서활동 등의 5개 영역이 입시에서 가장 중요합니다.

최근 강조되고 있는 면접시험은 인생관이나 가치관을 논리 정연하게 대답해야 유리합니다.

예를 들면, 면접시험에서 '사형 제도를 어떻게 생각하세요?'라는 질문에 찬성 또는 반대라 답하면 또 왜 그렇게 생각하지는 지 면접관은 또 물을 것입니다.

자신의 지식을 기반으로 자기주장을 논리 정연하게 확실하게 말하는 것이 제일 중요합니다.

한국대학교육협의회는 전국 197개 4년제 대학의 '2018학년도 대학입학 전형 시행계획'을 2016년 4월 27일 발표했다.

2016년 고교 2학년들이 치르는 2018학년도 대학입시에서 수시모집 비중이 73.7%이다. 특히 학생부 종합전형 선발인원이 23.6%로 크게 늘고, 영어 절대평가로 대학수학능력시험 최저학력기준을 충족하는 학생이 크게 증가하였다.

2018학년도 대학입시에서 수시모집의 비중은 역대 최고치를 기록했다. 모집 인원은 35만 2325명이지만, 수시에서 전체의 73.7%(25만 9673명)를 선발한다.

2015년 고교졸업생이 65만 여명인데, 전국 200개 4년제 대학선발인원 40만 여 명 가운데, 70%인 28만 여명이 수시에 응시하고, 학생부 종합전형은 15%인 6만 여명을 뽑는데, 점점 비중이 크게 늘어나 교내활동과 심층면접이 중요해졌다.

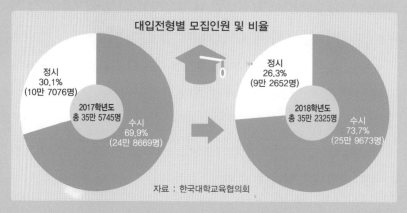

대입전형별 모집인원 및 비율

정시
30.1%
(10만 7076명)

2017학년도
총 35만 5745명

수시
69.9%
(24만 8669명)

정시
26.3%
(9만 2652명)

2018학년도
총 35만 2325명

수시
73.7%
(25만 9673명)

자료 : 한국대학교육협의회

따라서, 수시에 초점을 중점을 두고 준비하고 실패했을 때는 정시에 도전한다는 생각으로 대학진학의 계획을 세워야 할 것이다.

학생기록부를 꼼꼼하게 준비하고, 학생부 관리가 미비한 상위권 학생들은 논술고사와 수능시험을 중심으로 준비하고, 중위권의 학생들은 면접적성고사를 충분히 준비해야 합격 가능성을 높일 수 있다.

2016년 11월 17일 수능시험을 60만 5천명이 응모하였다. 수시에 지원하더라도 최저학력기준 등을 요구하는 대학이 많으니 수능시험을 소홀히 해서는 안 된다.

수시모집과 학생부종합 전형의 증가세가 두드러져서 학생기록부가 중요하다.

학생부종합 전형은 대부분의 대학에서 서류 심사와 면접으로 이뤄지기 때문에 학생부 비교과, 심층면접의 비중이 크게 높아진다.

대학합격의 준비와 비법?

1. 수시는 고등학교 3학년 1학기까지의 내신 성적과 면접이 중요하다.
2. 학생부종합전형은 면접과 자기소개서가 중요하다.
3. 교내 활동과 교과 성적을 잘 관리해야 합격할 수 있다.

즉, 학업성적 30%, 전공적합도 30%, 비교과활동 20%, 면접 20% 등, 개인의 생활기록부, 인성, 봉사활동, 잠재력 등을 종합적으로 평가해 뽑는다. 공인 외국어 성적이나 학교 밖의 경시대회 입상경력은 반영되지 않기 때문에 학교 안에서의 비교과 활동도 중요하다.

학교 폭력暴力과 폭언暴言의 문제

학교생활이 점점 힘들어 진 것은 교사의 체벌을 금지 한 후, 학생들의 거친 폭언 때문입니다. 또래 친구나 선후배를 욕하고 괴롭히는 나쁜 청소년들이 늘어나 어른들과 교사들이 나서서 청소년들을 지도하기 힘듭니다. 10대들의 반란인 걸까요?

학교생활이 자유스럽다면 좋겠지만, 2010년 2월말에는 '알몸 졸업식'과 개 사료를 먹이고 '너는 내 애완동물'이라면서, 폭력과 폭언, 왕따로 괴롭히는 학생들이 많아져 자살까지 일어나고 있습니다.

왕따 당하는 것을 피하는 것 보다는 당당하게 극복하기 위해 공개적인 수사와 대응이 문제해결에 도움이 됩니다.

학교 폭력과 폭언 및 성범죄행위는 참지만 말고 친구, 선생님, 부모님과 상의하고, 경찰 및 117로 신고해서 해결책을 찾으면 쉽게 해결할 수 있습니다.

폭언은 폭력입니다.

말과 글은 그 사람의 인격人格과 품위品位 를 나타냅니다.

좋은 습관을 기르다

　책을 많이 읽고, 시간 관리를 철저히 하고, 스스로 공부하는 좋은 습관을 길러야 합니다.

　일찍 자고 일찍 일어나서 매일 일기를 쓰면서 생각하고, 책을 많이 읽어 지혜를 얻어야 합니다. 항상 자신감을 가지고 적극적으로 행동하며, 즐거운 마음으로 공부하면 됩니다. 약속을 잘 지키고, 자신의 행동에 책임을 져야합니다.

　삶의 지혜로는 과소비하지 않고 절약하며, 저축을 생활화하면서 과음, 과식을 하지 않고, 근면성실하고 시간 관리를 철저히 해야 합니다.

　배려하고 봉사하는 생활을 하면서, 시간적 마음의 여유를 갖고 항상 규칙적인 생활을 하며, 나의 장점을 개발하시길 바랍니다.

　매일 독서와 사색을 하면서 인간관계를 중시하고, 즐거운 마음으로 명랑하게 생활하고, 건강관리에 최선을 다하는 양심적이고 정의로운 삶을 살려고 노력해야 자신이 하고 싶은 일을 할 수 있습니다.

　초·중·고교 시절에는 부모님의 역할이 큽니다.

　선생님 말씀 잘 듣고, 학교생활을 충실히 해야 생활기록부에 모범학생으로 기록되어서 좋은 대학, 가고 싶은 학과에 합격할 수 있고 장래의 자기 직업을 갖을 수 있습니다.

중, 고등학교 시절에 사춘기를 어떻게 극복하고 공부를 잘할 것인가? 누구나 매일 고민합니다.

공부 스트레스와 사춘기의 욕구 불만으로 부모님께 반항하고 가출도 하여 불량배들과 어울리다가 공부할 기회를 놓쳐 별 볼일 없는 사람이 되기도 합니다.

인생에서 가장 중요한 시기인 중, 고교시절에 정신 차리지 않으면, 인생의 낙오자이자 실패자가 되기 쉽습니다.

좋은 친구를 운 좋게 만나서 서로 돕고 이해하고 고민을 나누면 도움이 되지만, 친구를 잘못만나면 인생에 커다란 방해자가 됩니다.

자신의 취미에 따라 국어, 영어, 수학, 체육, 음악, 미술 등 대학교에서 좀 더 공부하고 싶은 과목을 전공하여 평생 국어교사, 영어교사, 체육교사, 과학자, 의사, 공무원, 회사원, 경찰 등이 되어 즐겁게 가는 것이 좋지 않을까요.

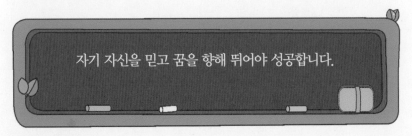

자기 자신을 믿고 꿈을 향해 뛰어야 성공합니다.

학생시절에 꼭 해야 할 일

1. 자신의 목표를 세워라.
2. 자신 있게 힘차게 생활하라.
3. 자격증을 많이 따라.
4. 독서와 교양과 지식을 쌓아라.
5. 최선을 다하여 성공시켜라.

1892년 세계최초로 자동차를 만들었던 미국의 헨리포드는 **"신념은 바위도 닳게 하고 세상을 변화시킨다."**고 말했습니다.

젊었을 때 시간 관리와 건강관리를 하지 않으면, 평생 후회하게 됩니다.

우리 인간의 삶은 생각하기에 달려 있으며, 긍정적으로 힘차게 생활하면 안 되는 일은 없습니다.

왜 대학을 가야하고 왜 공부를 해야 하는지, 장래 어떤 직업을 가지고 인생을 어떻게 살 것인지? 교사, 의사, 판사, 간호사, 기사, 운동선수...... 등이 되어 인생을 가치 있게 멋있게 한 세상 살아가기 위해서 노력하는 것입니다.

학창시절에 억지로 공부하고, 열등감에 빠져 자기를 비하하고, 자살 시도를 하고 가출을 하기도 합니다.

이처럼 너무 강박관념에 빠져 부정적인 생각을 하다가 극한 상황을 선택하는 엄청난 일을 저질러 후회해도 돌이킬 수 없습니다.

지금이 바로 출발점이다

"인생이란? 하루하루 매일 훈련을 쌓아가는 것이다.

인생이란? 나 자신을 갈고 닦는 훈련의 장소이다.

인생이란? 훈련의 장소이니 두려워 마라.

살아가는 것을 느낄 수 있는 훈련의 장소이다.

지금 이 행복幸福을 기뻐하지 않으면,

언제 어디서 행복을 느낄 수 있으랴.

이 행운幸運을 발판으로 삼아 온 힘을 다해 나아가라.

나 자신의 미래未來는 지금 이 순간 여기서부터 시작이다.

지금 당장 여기서 노력하지 않으면 언제 일어서겠는가?"

이 글처럼 오히라 미쓰요大平光代는 그의 저서 〈그러니까 당신도 살아요〉에서 인생의 바닥에서 비행소녀가 다시 한번 새 출발을 결심하여 성공하는 피 눈물 나는 노력과 인생 역전의 파란만장波瀾萬丈한 삶을 말하고 있습니다.

오히라 미쓰요는 중학교 때 왕따를 못 견디고 중퇴하고 할복자살을 시도하고 자포자기를 하여 깡패의 세계에 들어가서 인생을 헛되이 보내다가 정신을 차리고 "그래 내가 잘못 한 것은 모두 내 책임이다." 새로운 인생을 살기 위해 오기로라도 다시 한 번 시작해보자 생각하고 혼자 독학으로 공부를 시작하였다. 중학교 검정고시에 합격하고, 눈물로 공부해서 사법고시에도 합격하여 변호사가 되어 비행 청소년 선도에 앞장서고 있습니다.

영어와 국어공부 등, 모든 과목을 처음부터 끝까지 몇 번이고 반복하여 읽어서 오기傲氣로 통째로 줄줄 외워버렸습니다.

수학공부는 문제를 몇 번이고 끈기를 가지고 계속해서 풀고 또 풀었으며, 손이 아프면 붕대로 감고 글을 쓰면서 공부했습니다.

"가정이나 학교나 세상에 대한 분노와 불만을 해소하려고 비행을 저지름으로써, 그 결과에 대한 책임이 몇 배로 커져서 자신에게 돌아온다는 것을 잊지 말고, 지금의 괴로움과 슬픔은 곧 사라지니 용기勇氣와 희망希望을 품고 긍정적인 자세로 살아야 한다." "젊은 그대여! 인생을 절대로 포기하면 안돼! 한 번밖에 없는 소중한 인생이니까."라고 〈그러니까 당신도 살아요〉라는 자서전에서 오히라 미쓰요는 젊은이들에게 눈물로 호소하고 있습니다.

하늘에 구름이 걷히면 맑은 해가 뜨는 것처럼, 우리의 삶과 인생도 희로애락喜怒哀樂입니다.

좋은 생활 습관 7가지

1. 규칙적인 생활을 한다.
2. 건강관리를 잘 해야 한다.
3. 중요한 일을 먼저 한다.
4. 약속을 잘 지킨다.
5. 우유 부단하지 않는 결단력을 기른다.
6. 스트레스를 버리고, 마음의 여유를 가진다.
7. 부지런하고, 정리정돈을 철저히 한다.

내가 지금 꼭 해야 할 일은 무엇이고, 내일 할 일은 무엇인가?
일의 우선순위에 따라 목표를 향해 차근차근, 철저히 하면 됩니다.
자신을 소중히 하고, 상대방을 존중하면서 몸과 마음을 튼튼히 하며 건강관리도 잘해야 자신의 목표를 달성할 수 있습니다.
즐겁게 봉사하고, 베풀면서 긍정적으로 생활합시다.

기쁨과 노여움과 슬픔과 즐거움의 연속이 인간의 삶입니다. 너무 외로워하거나 괴로워하지 말고 힘을 내세요. 사람은 어차피 혼자 살아가는 것 입니다.

꿈과 희망을 가지고 용기있게 행동하고 자기 자신을 사랑하고 존경하면서 자신감을 가지고 웃으면서 살아가면, 모든 사람들이 칭찬하고 도와주고 따르게 됩니다.

1451년 이탈리아의 무역 도시인 제노바에서 태어난 콜럼버스는 '지구가 둥글다'는 것을 증명하기 위해 3척의 배에 90명의 선원과 함께 1492년 8월 3일 대서양의 팔로스 항을 출발하였습니다. 향해 도중 세찬 파도와 싸우면서 죽을 고비를 몇 번이고 겪은 후, 69일 만인 10월 11일 바하마제도에 있는 산살바도르 섬에 상륙하였습니다.

이처럼 콜럼버스는 새로운 사고력, 강한 의지와 불굴의 용기가 있었고, 그 결과 오늘날 콜럼버스는 어려움에 좌절하는 사람들에게 **"나도 할 수 있다"**는 자신감과 희망과 용기를 주는 등대와 같은 인물로 존경받고 있습니다.

1. 매일 일기를 쓰고 스스로 공부하는 습관을 기르자.

이순신 장군은 12척의 배로 일본 배 133척을 물리쳤던 명량해전에서도 난중일기를 쓰셨습니다. 일기는 내 삶의 기억이고 추억이 됩니다.

일찍 자고 일찍 일어나서 꾸준히 예습, 복습하고 독서하는 좋은 습관을 길러야 목표를 이룰 수 있습니다.

2. "나는 할 수 있다Yes, I Can"라는 자신감을 갖자.

도전의식을 가지고 열심히 몇 번이고 반복해야 합니다.

1998년 뉴욕 마라톤 대회에서 42.195Km를 31시간 9분에 완주한 장애인 조코폴로비츠는 책상 앞에 "Yes, I Can!"이라 적어 놓았습니다.

3. 올바르고 정직한 사람이 되어야 한다.

자신의 생각을 올바르게 표현해야 합니다.

거짓말을 잘하면 믿음도 신용도 없어집니다.

4. 성실하고 근면한 사람이 되라.

친구와 친하게 지내고 배려하면서 부지런히 노력하는 사람이 되고, 게으른 행동과 나쁜 습관은 바로 고쳐야 됩니다.

5. 예의 바르고 착한 사람이 되라.

주변사람들에게 인사를 잘하고 존경어를 써야 합니다.

6. 자신감과 용기를 가져라.

자신의 꿈과 희망을 실현하기 위해서는 정의와 불의를 구분하고, 자신감과 용기를 가져야 합니다.

7. 항상 오늘 현재 최선을 다하라.

오늘 현재 지금 천천히, 꾸준히 열심히 하면 안 되는 일이 없습니다.

8. 초·중학교 때 그림을 많이 그려봐야 잘 그린다.

동물, 식물 사람 등, 그리고 싶은 모든 것을 그려봅시다.

9. 초등학교 때 피아노 치는 방법을 배워야 한다.

피아노나 기타 같은 악기를 하나 다룰 줄 알아야 합니다.

10. 초·중학교 때에 수영을 배워두어라.

어려서부터 수영장에 가서 수영을 배워 두면, 혹시 물에 빠져도 살 수 있습니다.

11. 초·중·고교 때 영어, 일어, 중국어, 독일어, 프랑스
    어 등의 외국어를 배워두면 평생 사용 할 수 있다.
    21세기 글로벌 시대에는 도전정신을 가지고 공부하고, 영어,
    일어, 중국어, 프랑스어, 독일어 등을 할 줄 알아야 국제인으로
    살아가는 데 편리합니다.

12. 초·중·고교 때는 한자도 꼭 배워두어야 한다.
    천자문, 명심보감 등을 읽고 많이 써서 알아두면 평생 편리하
    고 좋습니다.

13. 학창 시절에 웅변을 배워두면 자신감이 생긴다.
    자신 있게 말하는 습관과 도전정신의 용기가 생깁니다.

14. 태권도를 계속하면 건강에 좋고 예의도 있다.
    남을 따돌림을 하거나 친구와 싸움을 해서는 안 됩니다.

15. 자전거를 타는 법을 배워두면 좋다.
    건강한 몸과 성장발육에 크게 도움이 됩니다.

16. 항상 웃으면서 노력하고 즐겁고 명랑하게 살자.

긍정적인 생각과 웃는 얼굴로 재미있게 생활하는 사람이 됩시다.

17. 항상 책을 읽는 청소년이 되자.

책은 인생의 나침판입니다. 책 속에는 창의력과 판단능력, 사고력을 길러주는 지혜가 있습니다.

18. 자신의 장점을 살리고 단점을 고치자.

착하고 건강한 장점을 키우고, 결단력과 인내력, 친화력을 기릅시다.

19. 자신의 취미 활동과 꿈을 살려야 한다.

자기가 좋아하는 운동, 음악, 미술, 체육 등의 특기를 살려야 즐겁고 행복합니다. 청소년들이여! 1년, 3년, 5년 후의 꿈을 향해 뛰세요.

20. 자신의 의견을 올바르게 표현할 줄 알아야 한다.

교양 없고 몰상식하고 야비하며 비굴한 사람이 되어서는 안 됩니다. 자기의견을 똑바로 표현할 수 있는 사람이 되어야 훌륭한 리더가 될 수 있습니다.

아는 것이 힘이다

초·중·고 시절 12년 동안 쉬지 않고 공부를 합시다.

좋은 대학을 가기 위해 공부를 하고, 술과 담배를 않고, 사치와 낭비를 줄이고, 이성친구와 시간을 보내기 보다는 도서관에서 책과 씨름해야 합니다.

좋은 곳에 취업하고 결혼하는 데도 실력이 필요하기 때문입니다.

넓은 세상에서 자신의 능력을 발휘할 수 있도록 좋은 습관과 태도를 길러야 성공적인 인생의 삶을 행복하게 웃으면서 살 수 있습니다. 자기수양과 마음 공부를 부지런히 하지 않으면 행복한 생활을 누릴 수 없습니다.

링컨은 여러 번 사업에 실패하고 국회의원에도 5번이나 낙선하였지만, 오뚝이처럼 절망하고 비관하는 생활보다는 실패를 성공으로, 위기를 기회로 만드는 저력으로 마침내 미국의 16대 대통령에 당선되고 노예해방을 시켰습니다.

벤자민 프랭클린(Benjamin Franklin, 1706~1790)은 "시간은 돈보다 귀중하다."고 말하면서 열심히 노력하여 피뢰침을 발명하였습니다.

미국의 정치가이자 과학자인 그는 가난하여 학교를 1년밖에 다니지 못했지만 책을 많이 읽고, 모든 일을 긍정적이고 적극적인 사고방식으로 살아 성공했습니다.

실패는 무서운 것이 아닙니다. 실패는 경험을 살려서 재출발할 수 있는 좋은 기회를 줍니다.

에디슨은 집안이 가난하여 신문팔이를 하면서도 연구에 몰두했습니다. '천재는 1%의 영감과 99%의 노력으로 이루어진다.'고 말했듯이, 끊임없는 인내와 노력으로 실패를 성공으로 바꿀 수 있다는 것을 보여주었습니다. 에디슨은 전구를 만들 때 수 천 번도 실패하였지만 수 천 번을 연습하였다고 긍정적으로 생각하였습니다.

학습장애아로 3개월 만에 초등학교를 퇴학당하였지만, 노력을 거듭하여 전신, 전화, 전축 등 1,000종의 발명특허를 받은 위대한 '발명왕'이 되었습니다.

윈스턴 처칠(Winston Churchill, 1874-1965)은 옥스퍼드 대학의 졸업식 축사에서 '절대로 포기하지 말라!Never Give up!'라는 말을 하여 유명해졌습니다.

초등학교 때는 말을 더듬고 꼴등도 했고, 중학교 때는 영어를 못해 3년이나 유급을 당하고 육군사관학교에도 두 번 떨어진 후에 합격하였으며, 국회의원 선거에서도 처음엔 낙선도 하였으나 제2차 세계대전을 승리로 이끌어 영웅이 되고, 노벨문학상도 받고 영국의 위대한 수상이 되어 국민의 존경을 받았습니다.

"좋은 책을 읽기 위한 첫 걸음은 나쁜 책을 읽지 않는 것이다."
-쇼펜하우어

시간은 빠르게 지나갑니다. 초·중·고·대의 학창 시절에 어울리는 좋은 책을 많이 읽어야 세상을 살아가는데 큰 도움이 됩니다.

우리가 영화관에 갔다가 기대이하의 영화를 보고 나오면 기분도 안 좋고 머리도 아프고 돈도 아까울 때가 많듯이, 책도 잘 못 사면 돈과 시간이 너무 아까울 때가 있습니다.

좋은 양서를 잘 고르면, 인생에 많은 도움이 되고 안내자의 역할을 합니다. 청소년 시절에 세계적인 위인과 성공한 사람들의 이야기와 명저名著를 많이 읽으면 상상력과 집중력을 얻을 수 있지만, 얄팍한 상술의 나쁜 책은 많이 읽으면 경솔하고 비굴한 편파적인 나쁜 사람이 되기 쉽습니다.

인간답게 정의롭게 살아가는 방법을 우리는 청소년 시절에 좋은 책 속에서 꼭 배워야 합니다. 10, 20대에 읽어야 할 책과 30, 40대에 읽어야 할 책을 구분하고 골라서 읽어야 더 효과가 크다는 사실을 알아야 합니다.

가장 중요한 것은 학창시절에 독서하는 습관을 기르고 많이 읽고 독후감을 써 보고 시를 짓고 생각하는, 상상력과 창의력을 풍부하게 길러야 장래에 희망이 있고 큰 일을 할 수 있습니다.

좋은 책은 반복해서 여러 번 읽으면 책 속에서 인생역전의 길을 찾고 창의력과 용기를 얻게 됩니다.

좋은 책을 많이 읽으면 정신적으로 크게 성장하게 됩니다.

청소년 시절에 괴테, 베토벤, 에디슨, 아인슈타인, 모차르트, 피카소, 톨스토이, 링컨, 간디, 이순신, 세종대왕, 김구 같은 유명한 위인들에 관한 책을 여러 권 읽고 또 여러 번 읽으면 자신감과 힘이 생깁니다. 천재는 개성을 가지고 꾸준히 노력한 사람이라는 사실을 알 수 있기 때문입니다.

청소년 시절에 꿈과 희망도 없고, 노력도 안하면 장래에 후회하는 사람이 되기 쉽고, 큰 꿈을 가지고 포기하지 않고 도전하면 반드시 뜻이 이루어집니다.

힘내라, 청춘!

10대는 몸과 마음이 성장하여 반항하는 행동을 하며 감정이 불안한 시기입니다.

1318 사춘기 시절에는 쑥스럽고 부끄러워 이성異性에게 말을 못하고 두려워 하지만, 모두가 인연인데 너무 당황하거나 초조해 하지 말고, 자연스럽게 두려움을 용기로 극복하면 됩니다.

10대의 반항심은 무섭습니다. 사사건건 반항하고 어긋나게 행동합니다. 사춘기에 사랑을 알게 되면, 어려운 공부는 더욱 하기 싫어집니다.

부모로부터 독립하여 자립하고 싶은 사춘기에는 인내심에 한계를 느끼고 의지력이 약해지기 때문에 스스로 극복하기도 힘듭니다.

따라서, 학창시절의 사춘기를 부모들은 열린 마음으로 대화하고 설득하여야 합니다. 가정의 즐거움은 힘이 되고 근심은 힘이 빠지게 합니다.

꿈과 희망을 펼칠 수 있도록 본인이 마음을 잡고, 너무나 사소한 일에 끙끙거리지 말고 웃으면서 일어서야 발전이 있습니다.

"시대가 나를 부른다.", "나도 할 수 있다."라고 생각하고, 자기자신을 위해 정말 열심히 내일을 향해 부지런히 뛰어야 성공할 수 있고, 즐겁고 멋있게 살 수 있습니다.

청소년기에 진정한 자신의 존재를 발견하고, 긍정적이고 적극적으로 목표를 향해 도전하고 삶의 태도인 외로움이나 이성의 그리움, 안일한 생각 등의 모든 것을 참고 일어서야 성공할 수 있습니다.

멋진 사람이 되고 싶다면, 모든 일을 포기하지 않고 열심히 노력하여 친절하고 상냥한 사람이 되어야 합니다.

생활이 아무리 힘들고 실패하더라도 다시 일어서야 됩니다. 자기 자신을 믿고 자신의 길을 확신하면서, 오만이 아닌 자신감을 가지고 살아야 행복합니다.

"인생의 삶은 산을 오르는 등산과 같습니다."

자기 자신의 한계에 도전하고 힘내라 청춘! 실패에서도 많이 배웁시다.

사람들에게 호감을 얻는 비결은 대화이며, 상처 받지 않고 마음을 치유 할 수 있는 독서가 필요 합니다.

대부분은 학창시절에 책과 싸우느라 사춘기의 방황이나 가슴 아픈 이별의 추억 같은 괴로움은 없지만, 경제적인 어려움을 참고 스스로 해결하느라 힘듭니다.

미래의 희망과 목표를 향해 비전을 가지고 당당하게 자신감과 여유를 가지고 젊은이답게 정직하고 솔직하게 행동하면 즐겁게 이겨낼 수 있습니다.

학창시절에 꿈을 크게 가져야 행복합니다.
젊었을 때 '열공'해야 장래의 길이 보이며, 행운과 행복은 열심히 공부하고 성공을 준비하고 있을 때 기회가 찾아옵니다.
입시 전쟁, 취업 전쟁에서 철저히 계획을 세우고 목표를 향해 미리 준비해야 100:1의 치열하고 냉정한 현실을 극복할 수 있습니다.
무슨 일이나 어렵고 힘들지만, 중도에 포기하지 않고 끝까지 최선을 다하면 성공할 수 있습니다. 넘어지면 다시 일어나는 칠전팔기의 정신을 길러야 성공할 수 있습니다.
'언젠가는 나도 출세하여 큰소리로 하하하~ 웃겠노라.'고 매일 다짐하면 스스로 노력하는 힘이 길러지고, 행운과 기회가 반드시 찾아옵니다.
헬 조선에서 젊은이들이 힘들고 고통스럽지만, 절망보다 희망으로 살다 보면 머지않아 행복이 찾아올 것입니다.

학교성적에 놀라지 마세요

　나폴레옹은 학교 성적이 안 좋았고, 「걸리버 여행기」를 쓴 스위프트는 열등생이었으며 뉴턴, 바이런, 헤겔, 발자크 등도 학창 시절에 성적이 안 좋았지만, 하고 싶은 일에는 흥미를 가지고 끝까지 인내하면서 몰아의 경지에 이르렀던 천재들은 공통된 특징을 가지고 있습니다.

　천재는 "선척적인 씨앗보다는 후천적인 환경과 교육이 중요하다."는 것을 잘 알 수 있습니다.

　학창 시절에는 친구들과 마음껏 뛰어놀면서 공부할 수 있는 환경조성이 중요합니다. 10대들의 개성을 찾아 발전시켜주면 되는 것입니다.

　집, 학교, 학원만 맴돌면서 애들을 입시지옥에 몸과 마음을 지치게 만들어서는 안 될 것입니다.

　규칙적이고 책임있는 생활을 해야지 거짓말을 하고 게으름을 피우면 안 됩니다.

　자신의 실수에 대해 거짓핑계만 대지 말고 정직하게 책임을 지는 습관을 길러야 발전합니다.

　화가 미켈란젤로는 어려서부터 승부욕이 너무 강하여 고집이 세고 자기주장이 강해서 항상 외롭고 쓸쓸하게 혼자 지냈습니다. 따라서 서로 이해하고 배려해야 즐겁고 행복합니다.

친구들과 사이좋게 지내고 부모님도 도와드리고 자기 할 일과 집안청소도 스스로 해야 합니다.

공부도 중요하지만, 가족과의 대화나 사랑이 없으면 불행한 가정생활입니다. 가족 모두가 서로 돕고 이해하고 사랑해야 가정에 행복의 꽃이 핍니다.

아빠 차를 세차도 하고, 안마도 해드리고, 아빠엄마와 함께 목욕도 하고 등산도 하고 캠핑도 가야 합니다.

"아빠 힘내세요. 우리가 있잖아요."

노래도 불러드리고, 말도 잘 듣고 건강하고, 열공하는 착한 학생이 되면 부모님은 행복해 하십니다.

집에서나 학교에서 즐겁고 재미있게 놀면서 스스로 공부할 수 있는 학생이 되어야 합니다. 아름답게 함께 더불어 살아가는 세상에서 진실을 말하고 이야기하는 착한 사람이 됩시다.

남을 속이는 거짓말쟁이가 되면 남들에게 인정받지 못하게 되어 외톨이가 되고 불쌍한 사람이 됩니다.

혹시, 따돌림을 받더라도 주눅들지 말고, 선생님과 부모님께 괴로움을 말씀드리고 친구에게 알려서 반드시 도움을 청해야 해결됩니다.

놀 때와 공부할 때를 구분하고 부모님과 함께 운동도 하고 음악도 들으면서 가족이 함께 하는 교육이 중요합니다.

산과 들에서 체험하는 자연교육의 중요성과 함께 어울려서 놀아주는 스킨십이 정신건강에 정말 좋습니다.

스스로 청소하고 정리정돈 하는 규칙적인 습관이나 스스로 공부하고 자신감을 가지고 노력하는 교육이 중요하며, 남을 괴롭히고 때리고 싸움을 잘하는 폭력학생은 가정교육과 인성교육이 잘못된 증거이며, 훗날 나쁜 사람이 되기 쉽습니다.

학창시절에 스스로 문제를 해결하는 능력을 길러야 합니다.

몸도 깨끗이 씻고 적당한 운동으로 튼튼한 몸과 마음을 유지해야 하며, 생체리듬에 좋은 시간인 11시경에 잠자고 6시경에 일어나는 건강한 규칙적인 생활과 일기 쓰기와 정리정돈의 좋은 습관을 길러야 합니다.

자기주장만 고집하여 친구들과 다투는 일이 없도록 해야 하며, 남을 이해하고 배려하는 마음과 경청하는 자세가 필요합니다.

매일 1시간 이상 예습과 복습을 꾸준히 하지 않으면 기초가 없어서 중, 고교의 어려운 교과서 내용을 따라 갈 수 없습니다.

항상 자신의 생각과 판단으로 결제하고, 저축하여 과소비나 중독을 방지해야 합니다.

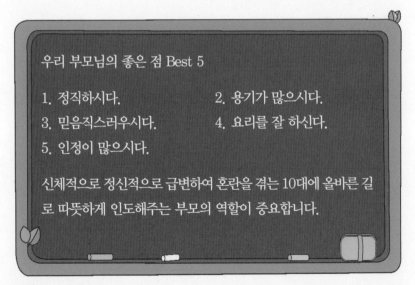

우리 부모님의 좋은 점 Best 5

1. 정직하시다.   2. 용기가 많으시다.
3. 믿음직스러우시다.   4. 요리를 잘 하신다.
5. 인정이 많으시다.

신체적으로 정신적으로 급변하여 혼란을 겪는 10대에 올바른 길로 따뜻하게 인도해주는 부모의 역할이 중요합니다.

내가 오늘 해야 할 일

1. 학교 공부시간에 열심히 하면서 꿈을 키워야 합니다.

국어, 영어, 수학, 한자, 사회, 과학 공부 등등, 학교에서 선생님께서 가르쳐주시는 대로 잘 듣고 집에 와서 예습·복습하면 됩니다. 공부를 혼자서도 잘할 수 있다면, 비싼 돈 주고 고생하는 학원 같은 데는 갈 필요가 없습니다.

훗날 무엇이 될 것인가 목표를 정하면 스스로 공부가 잘 될 것이며, 조금만 노력하면 그날 배운 것을 집에서 1시간에 충분히 복습할 수 있습니다.

2. 음악과 미술 뭐든지 반복연습을 해야 합니다.

자기 취미와 장점을 찾아서 발전시켜야 하는데 음악과 미술도 기본으로 배워야 하며, 정서교육에 좋고 침착성과 명랑한 성격을 기르는데 예술은 큰 도움이 됩니다.

3. 운동에도 흥미를 가지고 즐겁게 배워야 잘 합니다.

태권도 같은 운동을 하면 자신감이 생기고 건강과 발육에 좋고 몸과 마음이 건강하면 공부도 잘할 수 있습니다.

끈기와 참을성이 생기고 책임감과 용맹성이 생겨 의리와 인정, 예의있는 어린이가 될 수 있습니다.

공부나 음악이나 운동도 매일 반복해서 노력하지 않으면 며칠 지나면 잊어버리게 됩니다.

4. 포기하지 말고, 자신을 가져라 Stick to it, be confident.

윈스턴 처칠은 영국 옥스퍼드 대학 졸업식 축사에서 다음과 같이 3문장의 짧은 연설로 유명합니다.

Don't give up, Don't give up, Never give up !!

포기하지 마라, 포기하지 마라, 절대로 포기하지마라 !!

구두수선공의 아들인 링컨은 가난해서 초등학교를 중퇴하고, 사업에 실패하고, 의원선거에도 여러 번 낙선하였지만, 책을 많이 읽어서 지식을 쌓아 성공했다. 에디슨은 12살 때부터 청각장애인이 되었지만, 실망이나 좌절을 하지 않고 독서를 많이 하고 1천 번을 실패하고도 연구를 계속하여 전구를 만들고 자신의 약점을 극복하고 발명왕으로 성공했습니다.

일본에서 경영의 귀신으로 불리는 파나소닉 회장인 마쓰시다 고노스케松下幸之助는 **"집이 가난해서 남보다 더 부지런히 일했으며, 몸이 허약해서 날마다 열심히 운동을 했고, 초등학교 밖에 못 다녀서 세상 모든 사람들을 스승으로 생각하고 열심히 배워서 성공했다."**라고 말합니다.

이처럼 성공한 사람들은 모두가 자신의 약점과 실패를 극복하고 자신의 특징으로 만들었기 때문에 성공하였습니다.

5. 좋은 책을 많이 읽자

책 속에서 소중한 지혜를 얻어 자신의 인생에 활용해야 합니다. 10대에 독서삼매경讀書 三昧境에 빠져 봅시다.

좋은 책을 선택하여 읽는 독서습관은 무엇보다 중요하며, 좋은 책을 읽으면 지혜로운 생활을 하는 힘이 생깁니다. 읽은 책은 일기장이나 도서목록에 독후감을 써서 일목요연하게 정리하면 오래 기억에 남게 됩니다.

독서는 정신과 마음을 맑게 하므로 책을 읽는 사람과 안 읽는 사람은 너무나 사고력과 판단력에 차이가 납니다.

로마의 유명한 사상가 키케로는 **"책이 없는 방은 영혼이 없는 육체와도 같다"**고 말했으며, 고대 그리스 철학자 아리스토텔레스는 **"인간은 사회적 동물이다."**고 말했습니다.

즉, 인간은 서로 돕고 이해하며, 좋든 싫든 사회에서 더불어 살아가야 하는데 초등학교도 졸업하지 못할 정도로 가난했던 헨리포드는 묵묵히 연구하고 인내하여 세계적인 포드 자동차회사를 창

업했고, 수 천 번의 실패를 이겨내고 전기를 발명한 에디슨의 인내심을 우리는 책으로 배워야 합니다.

6. 10대들이여! 스스로 공부하자!

초·중학교 시절에는 책이 술술~ 공부가 쏙! 쏙! 머리에 들어가는 시기임으로 스스로 열심히 공부를 꼭 해야 합니다.

건강할 때 스스로 할 수 있다는 신념과 자신감으로 도전하는 사람은 정의롭고 아름답게 승리하는 사람입니다.

우등생이 되기 위해서는 독서능력을 기르고, 집중력을 향상 시키는 습관이 제일 중요하며, 학창시절에는 '불가능은 없다'는 긍정적인 생각을 항상 가져야 꿈을 이룰 수 있으며, 학교나 학원에 의존하지 않고 스스로 예습과 복습을 열심히 하는 사람이 진짜 실력을 쌓을 수 있고 크게 성공할 수 있습니다.

학창 시절의 학습능력과 습관이 자신의 평생을 좌우하기 때문에 좋은 공부습관과 좋은 인간성을 길러야 하고, 폭 넓은 독서습관을 기르는 것이 가장 중요합니다.

모든 일에 근면 성실하고, 정신을 차리고 집중하면, 슬럼프도 극복되고, 마음의 여유와 용기를 가지고 노력하면, 공부가 즐겁고 재미있어서 성공과 꿈을 이룰 수 있습니다.

7. 영어와 외국어 공부가 중요하다.

최근 한국에서 영어와 일본어, 중국어가 붐이 일어나는 것은 미국이나 일본이 우리보다 선진국이기 때문이며, 교류의 실용성과 생활에 필요하기 때문입니다

요즘에는 세상이 빠르게 발전하기 때문에 세계 무대에서 활동하고 여행하는데 외국어 공부를 하지 않으면 안 됩니다.

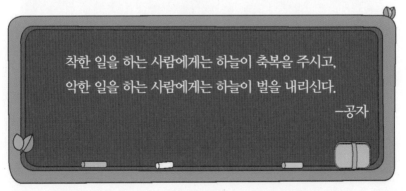

착한 일을 하는 사람에게는 하늘이 축복을 주시고,
악한 일을 하는 사람에게는 하늘이 벌을 내리신다.

—공자

실패와 성공의 습관

1. 자신의 문제를 남의 탓으로 돌린다.

2. 목표도 없고 계획도 세우지 않는다.

3. 중요하지 않는 일을 중요한 일 보다 먼저 한다.

4. 승리보다는 패배의식이 높다.

5. 항상 자신의 입장만 생각한다.

6. 남에게 협력 하지 않고 혼자서만 한다.

7. 자기의 심신心身을 하는 용기가 없다.

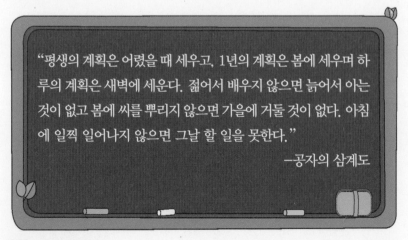

"평생의 계획은 어렸을 때 세우고, 1년의 계획은 봄에 세우며 하루의 계획은 새벽에 세운다. 젊어서 배우지 않으면 늙어서 아는 것이 없고 봄에 씨를 뿌리지 않으면 가을에 거둘 것이 없다. 아침에 일찍 일어나지 않으면 그날 할 일을 못한다."

—공자의 삼계도

일반적으로 초·중·고교 시절을 10대라고 합니다.

10대의 사춘기와 반항기를 어떻게 잘 보내느냐에 따라서 자신의 장래가 결정되므로 부모는 항상 자녀를 걱정하면서 기도합니다.

1. 열린 마음으로 생각하고, 경청하는 배려심이 있어야 한다.

2. 자기주장만 강요하고, 남의 의견을 듣지 않으면 발전이 없다.

3. 공부하고 봉사 할 줄 아는 사람이 되어야 한다.

4. 생활신조를 가지고 즐겁게 더불어 살아야 한다.

5. 내 인생의 10가지 목표를 설정해야 한다.

시간과 약속을 안 지키고, 예절도 모르며 말씨도 함부로 쓰는 청소년은 훗날 별 볼일 없는 불쌍한 사람이 되기 쉽습니다. 나쁜 버릇은 과감하게 버리고 깨달아야, 내일의 성공에 필요한 힘과 능력을 겸비하는 사람이 됩니다.

아프리카에서 헌신적인 의료 활동을 하여 1954년 노벨 평화상을 받은 **슈바이처**(1875-1965) 박사처럼 10대에는 자기가 하고 싶은 공부를 열심히 하고, 세상에서 많은 사람들에게 베풀고 도움을 주어야 합니다.

자신을 갈고 닦아 교양과 지식을 쌓아서 세상이 필요로 하는 사람이 되도록 최선을 다해야 합니다.

공부를 잘해도 이기적인 사람은 세상 사람들이 좋아하지 않습니다. **"될 나무는 떡잎부터 알 수 있다."**라는 속담처럼, 10대 청소년시절의 행동 모습을 지켜보면 장래 어떤 인물이 될지를 충분히 알 수 있습니다. 헤매 본 사람만이 길을 압니다.

사람들은 발전 속도가 각각 다르고, 머리, 재능, 정직성, 성실성, 건강에 서로 차이가 있으므로, 수 천 번의 실험으로 전구와 전기를 발명한 **에디슨**(1847-1931)처럼 호기심 많은 10대에 자기 할 일을 꾸준히 참고 노력하는 습관이 중요합니다.

"한 가지를 보면, 열 가지를 알 수 있다."는 말처럼 어렸을 때, '하고 싶은 꿈'을 향해 꾸준히 도전해야 이루어집니다.

다윈(1809-1882)은 좋아하는 일과 자신있는 일을 찾아서 10세부터 50세까지 40년간 조개껍질을 모아 '진화론'을 주장하고 〈종의기원〉이라는 책을 발행하였습니다.

세상의 명인과 달인들은 어린 시절 부터 개성을 발전시키고 목표를 향해 꾸준히 의욕적으로 노력한 결과입니다.

자신의 꿈을 향해 '나는 할 수 있다'는 자신감과 용기를 가지고, 자신의 장점을 살려야 성공할 수 있습니다.

톨스토이는 1828년 8월 28일 러시아에서 태어났으나 1830년 두 살 때 어머니가 돌아가시고, 1837년 아홉 살 때 아버지마저 돌아가셔서 고모 밑에 자랐습니다. 불우한 청소년시절에 방황도 하였지만, 유명한 〈전쟁과 평화〉, 〈부활〉, 〈위대한 인생〉 등을 쓰고, 1910년 82세에 〈모든 것의 근원〉을 탈고하며 영면한 러시아가 낳은 세계적인 대문호가 되었습니다.

괴테(1749~1832)는 1749년 독일의 프랑크푸르트에서 태어나, 리이프치리 대학에서 법학을 공부하고 변호사로 활동하였습니다. 1774년 (24세) 법원 실습생 시절에 겪었던 연애경험을 글로 옮겨 4주만에 완성한 〈젊은베르테르의 슬픔〉이라는 소설로 유명해졌습니다. **"인간의 본성에는 한계가 있어 기쁨도 고민도 괴로움도 어느 정도까지는 참아내지만 한계를 넘으면 파멸한다."**고 말했습니다.

〈파우스트〉는 괴테가 대학시절인 1772년에 초고를 쓰기 시작하여 세상을 떠나기 직전인 1831년까지 60년 동안 집필한 대작으로 괴테의 인생의 다양한 경험과 인생의 지혜가 담겨져 있습니다.

"손쉽게 손에 넣은 것은 쉽게 마음에 차지 않으며, 힘들게 노력하여 얻은 것만이 나 자신을 행복하게 한다." 라고 〈파우스트〉에서 괴테는 말합니다.

〈**탈무드**〉는 히브리어로 미슈나인데, 유태어로 '위대한 연구'라는 의미를 가지고 있습니다. 가르침에 대한 교훈이나 설명이라는 의미로, 기원전 500년부터 기원후 500년까지 입으로 전해 내려온 이야기들을 10년 동안 2천여 명의 학자들이 정리하여 편찬한 것입니다. 유태 민족의 5천년동안 쌓인 지혜와 지식의 보물이라고 볼 수 있는 탈무드의 내용은 읽지말고 배워야하는 내용입니다.

우리가 살아가면서 꼭 알아야 할 많은 인생의 지혜를 가르쳐주는 탈무드는 **"만일 누군가에게 무언가를 해 줄때는 자신의 모든 것을 거기에 바치는 것이 가장 귀중하다"**고 말합니다.

마하트마 간디의 〈**간디 자서전**〉은 끊임없는 자기반성으로 진리를 찾아가는 인간으로서의 간디를 찾아 볼 수 있습니다. 그 내용은 자기절제와 금욕생활, 진리추구의 이상실현, 인도의 독립을 위해 모든 것을 바친 간디의 파란만장했던 삶의 이야기입니다.

책 속 어린 시절에 겪은 인종차별, 주위 사람들과의 갈등, 좌절과 고통 등, 간디의 인간적인 모습을 보면 인격과 덕망이 높은 경건한 성인聖人다운 존재의 가치를 알 수 있습니다.

〈이솝우화〉에서도 인생을 배우고, 항상 자기 자신을 맑고 향기롭게 가꾸어야 합니다.

'나도 할 수 있다.'고 자신을 믿고 긍정적으로 생각하고 생활하면, 주위에서 도와주는 사람이 생기므로 그들과 상담하면서 꿈을 키웁시다. 즉, 자신감을 가지고 자신의 신념을 믿고, 자기 자신의 삶을 긍정적인 방향과 올바른 행동으로 개척합시다.

누구나 보는 시점과 생각하는 관점이 다를 수 있습니다. 하지만 경직된 편협한 선입견을 버리고 항상 최신의 정보와 새로운 관점에서 상대를 판단하고 이야기 해야 합니다. 지나온 과거의 올챙이 때나 병아리 때만 기억하고 이야기해서는 안 됩니다. 내일을 이야기하세요.

가장 중요한 것은 현재이고, 삶의 중심에서 희망의 꿈을 펼쳐야 즐겁고 행복합니다.

초·중·고등학교 친구는 대학가면 서로 흩어져 만나는 일이 거의 없으며, 대학 친구도 대학을 나와서 취업하면 서로 연락하고 만나기가 점점 힘들어집니다.

결국은 가족과 직장 동료를 중심으로 삶을 살아가게 됩니다.

부모님과 친구는 우리를 도와주기도 하지만, 결국은 부모님도 친구도 아무도 우리 자신의 삶을 대신 살아 줄 수 없듯이 자신을 중심으로 생각하고 힘을 길러서 삶을 개척해 나가야 합니다. 자기가 하고 싶은 장래희망과 잘할 수 있는 일을 찾아서 자신의 한 일에 책임을 스스로 지도록 노력해야 합니다.

부모님은 우리를 보호해주고 돌봐주지만, 친구나 동료를 너무 믿다가는 큰 코 다칩니다. 남들이 나의 삶의 중심이 될 수는 없으니 자신의 힘을 길러야 합니다.

남들은 변덕스럽고 각자 성격이 달라서 속이고, 욕하고, 배신하고 항상 이리저리 왔다 갔다 한다는 사실을 알아야 합니다. 주변도 중요하지만, 결국 믿을 것은 자기 자신의 능력 뿐 이지요.

그러하니 자신의 능력과 힘을 길러야 험난한 이 세상을 살아 갈 수 있고, 자신의 힘을 기르기 위해 오늘도 힘든 공부를 열심히 하는 것입니다. 목표를 향해 노력하면 행운의 찾아옵니다.

생각의 씨를 뿌려라!

　요즘 초·중·고·대학생들 중 꿈도 목표도 없는 사람이 많은데, 학창 시절에 열심히 배우지 않으면 평생 후회하고 고통스럽습니다.

　힘들어도 조금만 참고 공부하면 괴로움도 다 지나가고 기쁨과 즐거움이 찾아오게 됩니다.

　나는 할 수 없다는 패배의식은 버리고 책과 씨름하면서 목표를 향해 '나는 무엇이든지 할 수 있다.'는 신념으로 공부에 집중해야 꿈을 이룰 수 있습니다.

　지금 건강할 때, 모든 힘과 최선을 다해, 공부에 몰입해야 후회가 없습니다.

　재미도 있고, 내가 잘할 수 있는 것이 무엇인지 찾아야 하며, 인생의 승자가 되기 위해 강한 의지력으로 자기관리를 하고 책임감 있게 행동해야 합니다.

　당신의 꿈과 목표를 정하는데 다음 7가지 인생영역을 고려하세요.
　1. 자신의 목표가 무엇인가?
　2. 친구관계, 가족관계는 어떤가?
　3. 건강상태는 어떠한가?

4. 직업과 교육의 목표는 무엇인가?

5. 스포츠, 취미는 무엇인가?

6. 재정수입과 투자와 저축은 어떤가?

7. 봉사활동과 기여활동은 어떠한가?

"시작이 반이다." 당신이 원하는 인생의 꿈과 희망이 무엇인지 정확히 알아야 자신의 미래를 보다 적극적으로 참여하고 미래의 주인공이 될 수 있습니다.

학창시절의 꿈과 목표를 가지고 행동에 신중해야 하며, 매일 자신을 변화·혁신시켜야 합니다. 현재 해야 할 일, 하고 있는 일에 정신을 집중하지 않는 사람은 미래에 훌륭한 일을 할 수가 없습니다.

나폴레옹은 **"생각의 씨를 뿌리면 행동의 열매를 얻고, 행동의 씨를 뿌리면 습관의 열매를 얻고, 습관의 씨를 뿌리면 성격의 열매를 얻고, 성격의 씨를 뿌리면 운명의 열매를 얻는다."**고 말했습니다.

우리의 습관이 우리의 운명을 좌우하듯이, 용기는 노력하는 자만이 가질 수 있고, 자유는 승자만이 누릴 수 있습니다.

바로 오늘 시작하고, 자신을 격려하며 마음으로 깊이 느끼고 믿어야 모든 일이 뜻대로 잘 이루어집니다.

버락 오바마 대통령 이야기

오바마는 흑인 아버지와 백인 어머니 사이에서 1961년 하와이에서 태어났습니다. 하지만 2살 때 부모님이 이혼하시며 가족이 흩어졌고, 이에 어린시절을 힘들게 보냈습니다. 또한 혼혈아였기에 많은 고민과, 열등감, 분노, 나태로 청소년기의 한때를 방황하며 지냈었습니다.

그러나, 어떤 상황에서도 좌절 및 포기하지 않았고, 공부를 열심히 하여 콜롬비아 대학에서 정치학을, 하버드대학 로스쿨에서 법학을 공부하여 박사가 되었습니다. 변호사가 된 오바마는 미셸과 결혼한 후, 상원의원에 당선하고 대통령 선거에 출마하여, "백인과 흑인, 종교, 신분의 차이가 없는 미국을 만들겠다."는 포부를 발표하였고, 2008년 11월에 제 44대 미국 대통령에 당선되었습니다. 2009년 1월 20일 취임하여, 2013년 11월에는 재선에도 성공하였습니다.

오바마도 어린시절 어렵게 성장했지만, 희망을 가지고 스스로 열심히 노력하여 실력을 갖추고 자신의 운명을 개척하였으며, 고난과 역경을 딛고 힘든 생활 속에서도 자신감과 용기를 잃지 않고 일어서서 성공하였습니다. 자서전으로 〈내 아버지로 부터의 꿈〉과〈담대한 희망〉이 있습니다.

현재 버락 오바마 대통령은 먼저 찾아가서 사과하는 정직하고 진실성이 있는 친근한 겸손의 리더십을 높이 평가 받고 있습니다.

9988 세상을 살면서 1년이나 며칠 단위로 계획을 세우는 것보다, 멀리 자신의 미래를 설계하는 장단기적인 계획을 세울 필요가 있다.

1. 시간은 물과 같아 철저히 관리해야 한다.
시간은 물처럼 한 번 지나가면 다시 돌아오지 않으니 소중히 해야 한다.

2. 자기계발에 시간을 효과적으로 사용해야 한다.
효과적으로 시간을 관리해야 자신에게 필요한 힘을 기를 수 있다.

3. 구체적인 장단기 목표를 설정해야 한다.
시간 관리는 철저히 하고, 우선순위와 자신에게 알맞은 목표를 세워 노력해야 한다.

4. 자신에게 가장 중요한 것을 먼저 해야 한다.
항상 자신의 목표 중에서 지금 가장 중요한 일을 제일 먼저 지금 바로 시작해야 한다.

5. 실행이 가능한 현실적인 계획표를 만들어야 한다.
실행이 불가능한 계획은, 시간과 노력과 돈을 낭비하는 연습에 불과하다.

6. 항상 긍정적으로 좋은 습관을 길러야 성공한다.

사람은 생각이 달라지면 행동이 달라지고, 좋은 행동은 좋은
습관을 만든다.

7. 젊은 시절을 낭비하면 미래가 없다.

지나간 과거의 추억보다는 오늘 현재에 충실하게 살아야 내일
이 행복하다. 자기계발을 철저히 해야 발전한다.

8. 주어진 시간을 잘 관리하여 시간 낭비를 줄인다.

용기와 자신감을 가지고, 중요한 일을 먼저 하는 습관을 길러
야 시간이 절약된다.

9. 모든 시간을 절약하고 활용해야 잘 된다.

내 탓으로 생각하고, 상대방의 입장에서 생각해야 모든 일을
성공할 수 있다.

10. 적극적으로 행동해야 시간이 절약된다.

모든 일은 능동적이고 적극적으로 해야 쉽게 해결할 수 있다.

가지 않는 길

단풍 든 숲 속에 두 갈래 길이 있었습니다.
몸이 하나니 두 길을 가지 못하는 것을
안타까워하며, 한참을 서서
낮은 수풀로 꺾여 내려가는 한쪽 길을
멀리 끝까지 바라보았습니다.
그리고 다른 길을 택했습니다, 똑같이 아름답고,
아마 더 걸어야 될 길이라 생각했지요.
풀이 무성하고 발길을 부르는 듯 했으니까요
그 길도 걷다 보면 지나간 자취가
두 길을 거의 같도록 하겠지만요.
그 날 아침 두 길은 똑같이 놓여 있었고
낙엽 위로는 아무런 발자국도 없었습니다.
아, 나는 한쪽 길은 훗날을 위해 남겨 놓았습니다.
길이란 이어져 있어 계속 가야만 한다는 걸 알기에
다시 돌아올 수 없을 거라 여기면서
오랜 세월이 지난 후 어디에선가
나는 한숨지으며 이야기할 것입니다.
숲 속에 두 갈래 길이 있었고, 나는
사람들이 적게 간 길을 택했다고.
그리고 그것이 내 모든 것을 바꾸어 놓았다고.

"노랗게 물든 숲속에 두 갈래 길이 있었다. 몸이 하나니 두 길을 다 가볼 수는 없었다..... 그래서 나는 남들이 덜 밟은 길을 택했다. 그것이 내 운명을 바꾸어 놓았다." 라는 아쉬움과 애절함을 노래한 프로스트의 유명한 서정시입니다.

누구든 언제나 선택의 갈림길에서 고민하고 선택하지 않았던 길에 대해 아쉬움을 가지고 세상을 살아가는 것입니다.

1020 청소년시절에는 젊은이답게 스스로 힘을 기르고, 자기계발을 게을리 해서는 안 되며, 열공은 청소년들의 의무이자 책임입니다.

젊은이는 용기와 힘이 있고, 희망과 꿈이 있습니다.

10대에 스스로 노력하지 않으면 20대, 30대에 아무런 자격과 능력이 없으니 무시당하고 사람의 대우를 받지 못합니다. 희망을 버리면 끝장입니다.

세상을 사람답게 살기위해서는 도전의 정신으로 자기 자신의 힘을 길러야 합니다. 좋은 책을 많이 읽으면 아는 것이 많아지고 견문과 지혜의 힘이 생기고 능력이 있을수록 여유도 생겨서 인간성도 좋아집니다. 다시 오지 않는 청춘의 기회를 잡아야 합니다.

인간관계가 좋으면, 지도자로서 세계무대에도 설 수 있습니다.

성공의 첫째 비결인 꿈과 열정을 가져야하고, 아픈 삶을 이기는 청춘의 자신감과 용기가 중요합니다. 청소년시절에 열심히, 성실하게 인내하다보면 누구나 아름답게 성공할 수 있습니다.

'시작이 절반이다'는 말처럼, 젊은이는 힘들어도 웃으면서 일어서야 합니다. 열공해야 하는 것은 젊은이들의 의무이자 책임이기 때문입니다. 젊은이 답게 희망과 목표가 필요합니다.

늦잠은 가장 큰 지출이고 게으른 자는 모든 것을 빼앗깁니다.

"청춘과 잃어버린 시간은 다시 오지 않는다."는 독일의 속담처럼, 시간의 소중함을 알아야 승리할 수 있습니다.

안중근 선생도 "청춘은 다시 오지 않으니 세월을 헛되이 보내지 말라"고 했듯이, "단 한번 뿐인 인생을 즐겁게 생활하고, 오늘 할 일을 내일로 미루지 마시기 바랍니다. 모든 일에는 다 때가 있습니다."

청춘은 빠르고, 뜻은 이루기 힘들지만, 청춘은 돈으로 사기 힘들고, 다시 돌아오지 않으니 소중히 해야 합니다.

불경기 시대에 대부분의 젊은이들이 빈곤과 열등감 속에서 여유 없이 청소년기를 보내지만 건강하게 즐겁게 살도록 노력해야 합니다.

10대에 가졌던 꿈과 희망의 가능성과 기대가 20대에 많이 없어지고 허무와 상실감으로 욕구불만의 심한 상처를 입기도 하고 삶의 의욕을 잃기도 하지만, 위기를 기회로 만들어야 합니다.

급변하는 삶의 희로애락喜怒哀樂과 힘든 생활 속에서도 지혜로운 삶과 행복을 위해 오늘도 열심히 배워야 능력이 생기고, 기회가 찾아옵니다. 기회를 붙잡기 위해 항상 준비해야 합니다.

옛날이야기나 재미있는 동화책을 매일 읽는 습관을 길러야 합니다. 쉽고 재미있는 그림책과 전래동화나 위인전을 꼭 여러 번 반복해서 읽어야 아는 것이 많아지고 똑똑해 집니다.

1. 혼자서도 잘 해요

2. 너도 보이니

3. 언제까지나 널 사랑해

4. 피노키오

5. 누가 내 머리에 똥 쌌어

6. 눈사람 아저씨

7. 책 읽어주세요 아빠

8. 책 먹는 여우

9. 샌지와 빵집주인

10. 지각대장 존

11. 방귀 만세

12. 학교에 간 사자

13. 반기문이야기

14. 천자문

15. 로빈슨 크루소

16. 일기도서관

17. 갈매기의 꿈

18. 꿈꾸는 다락방

19. 그리스 로마신화

20. 한국의 동물, 식물

책은 인생의 안내자입니다. 역사책이나 위인전 같은 인물의 이야기 책과, 자기계발서를 읽으면 자신의 꿈과 희망을 키울 수 있게 됩니다.

삶을 풍요롭게 해주는 감명 깊은 책을 많이 읽으면 좋고, 동시도 지어보고 읽어보고 암기해보면 재미있습니다.

1. 애니메이션 세계명작

2. 성공하는 10대들의 7가지 습관

3. 창가의 토토

4. 나의 라임 오랜지 나무

5. 봉이 김선달 시리즈

6. 된다, 된다 나는 된다.

7. 탈무드

8. 한국의 전래동화

9. 세계의 전래동화

10. 이웃나라 먼나라 시리즈

11. 누가 내 치즈를 옮겼을까? 12. 톨스토이 단편집

13. 공부가 가장 쉬웠어요

14. 만화 삼국지

15. 선택

16. 공부 9단 오기 10단

17. 희망비타민

18. 하인즈 워드

19. 큰 바위 얼굴   20. 도련님

21. 아들아, 너는 인생을 이렇게 살아라.

22. 나의 소년 시절   23. 그러니까 당신도 살아요

24. 애들아 무지개 잡으러 가자 25. 오바마 이야기

26. 홍길동전   27. 마시멜로 이야기

28. 명심보감   29. 한석봉 천자문

30. 내 생에 단 한번   31. 내 인생을 바꾼 한권의 책

32. 10대에 하지 않으면 안될 50가지.

33. 세월이 젊은 에게   34. 10대에 알았으면 좋았을 것들

35. 나의 꿈 나의 인생   37.멈추면 비로소 보이는 것들

38. 꿈 너머 꿈   39. Why? 사춘기와 성

40-60. 한국의 위인전(김구, 이황, 이순신, 안창호, 이이, 김유신......)

61-100. 세계의 위인전(에디슨, 링컨, 노벨, 처칠, 위싱턴, 나폴레옹......)

내일 來日

이은상

숨가쁜 울분이

파도처럼 벅차오르던

어제의 피묻은 기억들을

나는 잊지 않으리.

역사에 가시 밭고개

허위적 거리며 넘어가는

오늘에 쓰라린 행진을

나는 잊지 않으리.

어제와 오늘에 기념비 아래

쓰러질 순 없다.

의욕義慾에 불을 붙인다.

내일을 향해 절정을 간다.

　이 책은 10대 청소년 시절에 일어나는 모든 일에 효과적으로 대처하는 방법을 가르쳐주고, 올바른 삶을 준비하는 청소년 모두에게 인생의 길잡이가 되도록 오랜세월 열정을 투자하고 정성의 힘을 기울려 만든 보물 책입니다.

　21세기 급변하는 세계에 적응하고, 정정당당하게 살아가는 청소년들이 세상에서 부딪히게 될 큰 변화에 신속하게 대처할 수 있는 지혜와 방법을 제시하고 있는 인생의 나침판 같은 보기드문 좋은 책이 되도록 최선을 다 하였습니다.

　즉, 학교생활, 공부, 친구의 우정, 대인관계, 폭력, 사랑, 예절, 건강, 운동… 등에 현명하게 대처 할 수 있는 방법과 꿈을 찾아주는 생활의 지혜가 가득한 책으로 반드시 일독하기를 권하는 바입니다.

　이 책은 초·중·고교생에게 꼭 필요한 정보와 상식을 알려주고 가르쳐주는 아름다운 인생 공부와 세상 공부에 큰 도움이 되는 책으로 10대 청소년들이 꼭 읽어서 모두 성공하기를 기원합니다.

좋은 생각이란

1. 좋은 생각은 거울과 같은 것입니다.

2. 좋은 생각은 좋은 마음입니다.

3. 좋은 생각은 좋은 약속입니다.

4. 좋은 생각은 남을 돕는 마음입니다.

5. 좋은 생각은 이웃사랑입니다.

6. 좋은 생각은 좋은 꿈입니다.

7. 좋은 생각은 좋은 준비입니다.

8. 좋은 생각은 좋은 희망입니다.

9. 좋은 생각은 좋은 결과입니다.

10. 좋은 생각은 좋은 사람이 합니다.